갈증

갈증

아멜리 노통브 지음
이상해 옮김

일러두기
• 성경이 인용될 경우 번역은 대한성서공회 『공동번역성서』를 따랐습니다.

이 책은 실로 꿰매어 제본하는 정통적인 사철 방식으로 만들어졌습니다.
사철 방식으로 제본된 책은 오랫동안 보관해도 손상되지 않습니다.

나는 그들이 나에게 사형을 선고하리라는 것을 진작부터 알고 있었다. 이 확신 덕분에 나는 주의를 기울일 만한 가치가 있는 것에 주의를 기울일 수 있다. 바로 디테일이다.

나는 내 재판이 정의의 패러디가 되리라고 생각했다. 실제로도 그랬지만, 내가 예상한 대로는 아니었다. 대충 해치우는 형식적 절차가 될 거라고 상상했던 나는 대신 훌륭한 연극 한 편을 지켜보았다. 검찰관은 무엇 하나 우연에 맡기지 않았다.

검찰 측 증인들이 줄줄이 증인석에 섰다. 나는 내가 행한 첫 번째 기적의 수혜자, 가나의 신랑 신부가 증인석에 서는 것을 보고 내 눈을 믿을 수 없었다.

「저자는 물을 포도주로 바꾸는 능력을 갖고 있습니다.」 신랑이 심각한 표정으로 말했다. 「하지만 자신의 능력을 펼치기 위해 결혼식이 끝나 갈 무렵까지 기다렸죠. 우리의 불안과 치욕을 지켜보며 즐겼던 것입니다. 그것들을 피하게 해주는 게 손바닥 뒤집듯 쉬운 일이었을 텐데도 말이죠. 저자 때문에 우리는 최고의 포도주를 그저 그런 포도주 다음에 내놓고 말았습니다. 그래서 마을의 웃음거리가 되었죠.」

나는 평온한 눈길로 그의 눈을 응시했다. 자신의 정당한 권리를 확신하는 그는 내 눈길을 피하지 않고 받아냈다.

왕의 신하는 증인석에 서서 내가 어떤 나쁜 의도를 가지고 자기 아들의 병을 고쳐 줬는지 묘사했다.

「그래서 당신 아들은 지금 어떻게 지냅니까?」 무능하기 짝이 없는 내 국선 변호인은 묻지 않을 수 없었다.

「아주 잘 지냅니다. 대단한 재능이에요! 마술을 부리는 자인지라 말 한마디면 충분하죠.」

내가 행한 기적의 수혜자 서른일곱 명이 그들의 더러

운 보따리를 풀어놓았다. 나에게 가장 큰 웃음을 준 것은 가버나움의 마귀 들렸던 자였다.

「마귀가 나간 후로 사는 게 시들해져 버렸어요!」

눈이 멀었던 자는 세상이 이렇게 추악할 줄 몰랐다며 한탄을 늘어놓았고, 문둥병에 걸렸던 자는 이제 아무도 그에게 적선하지 않는다고 투덜댔으며, 티베리아스의 어부 조합은 다른 조들을 배제하고 한 조만 특별 대우했다며 나를 비난했고, 나사로는 살갗에 시체 냄새가 밴 채로 사는 게 얼마나 끔찍한 일인지 토로했다.

그들을 매수할 필요도, 심지어 부추길 필요도 없었다. 그들은 모두 자진해서 나에게 불리한 증언을 하러 왔다. 죄인의 면전에서 마침내 속을 털어놓을 수 있어서 얼마나 후련한지 모르겠다고 말한 자가 한둘이 아니었다.

죄인의 면전에서.

나는 거짓되게 평온한 자다. 아무 반응도 하지 않고 그 지루한 푸념들을 듣고만 있으려면 큰 노력이 필요했다. 나는 매번 놀라움이 배인 온화한 눈길로 증인의 눈을 응시했다. 그들은 매번 거만하게 내 눈길을 받아 냈고, 어디 할 말이 있으면 해보라는 듯 나를 노려보았다.

심지어 내가 병을 고쳐 준 아이의 엄마는 내가 그녀의 삶을 망쳐 놓았다고 비난하기까지 했다.

「아이가 병에 걸렸을 때는 얌전했답니다. 그런데 지금은 도무지 가만히 있질 못해요. 어찌나 소리를 지르고 울어 대는지 잠시도 편히 쉴 틈이 없다니까요. 밤에도 잠을 잘 수가 없어요.」

「당신 스스로 피고인에게 아들의 병을 고쳐 달라고 부탁하지 않았나요?」 내 국선 변호인이 물었다.

「병을 고쳐 달라고 했지, 병들기 전의 말썽꾸러기로 되돌아가게 해달라고 하진 않았어요.」

「그 점을 분명히 해둘 수도 있었을 텐데요.」

「저 사람, 뭐든 다 안다면서요. 아닌가요?」

좋은 질문이다. 나는 Tί는 늘 알지만, Πώς는 결코 알지 못한다. 다시 말해, 목적 보어는 알아도 상황 보어는 알지 못한다. 따라서 나는 전지(全知)의 존재가 아니다.[1]

---

1 앞서 나온 것처럼, 자신이 사형을 선고받으리라는 것은 알았지만 그 선고의 정황과 사람들의 증언에 대해서는 몰랐다는 뜻이다. 다른 예를 들자면, 베드로가 자신을 부인하리라는 것은 알지만 언제 어디서 어떻게 왜 부인할지는 모른다는 말이기도 하다. 이하 모든 주는 옮긴이의 주이다.

상황에 따라서 부사들을 발견하기도 하는데, 그때마다 너무 놀라 입을 다물지 못한다. 악마가 디테일에 있다는 말은 맞는 말이다.

사실 검찰 측 증인으로 나서라고 그들의 등을 떠밀 필요는 전혀 없었다. 심지어 그들 스스로 그것을 열렬히 원했다. 그들이 나에게 불리한 증언을 하면서 지은 득의에 찬 표정이 나를 경악하게 했다. 굳이 그럴 필요가 없었던 만큼 더욱 그랬다. 내가 사형을 선고받으리라는 건 누구나 알고 있었으니까.

내가 사형을 선고받으리라는 예언에는 신비스러울 게 전혀 없다. 그들은 나의 권능을 알고 있었고, 내가 그것을 사용해 달아나지 않았다는 것을 확인할 수 있었다. 따라서 그들은 이 재판의 결말을 조금도 의심치 않았다.

그들은 왜 이토록 불필요한 치욕을 나에게 안기고 싶어 했을까? 악의 수수께끼는 범용의 수수께끼에 비하면 아무것도 아니다. 그들이 증언하는 동안, 나는 그들이 통쾌해한다는 걸 느꼈다. 그들은 내 앞에서 쥐새끼처럼 행동하면서 즐거워했다. 다만, 내가 고통을 드러내 보이지 않자 실망을 감추지 못했다. 내 고통이 드러나지 않은 건 내가 그들에게 쾌감을 제공하지 않으려고 해서가 아니라, 놀라움이 분노보다 훨씬 더 컸기 때문이었다.

나는 인간이다. 인간적인 것치고 나에게 낯선 것은 없다. 하지만 그들을 사로잡아 가증스러운 말을 쏟아 내게 한 것, 그것의 성격은 도무지 이해할 수가 없다. 나는 이러한 나의 몰이해를 실패이자 결핍으로 여긴다.

빌라도는 나와 관련된 지침을 이미 받아 둔 상태였다. 그는 불편한 기색이 역력했다. 나에게 눈곱만큼이라도 호감을 느껴서가 아니라, 증인들이 그의 내면에 있는 이성적 인간의 비위를 건드렸기 때문이다. 그는 내가 놀란 표정을 짓는 이유를 잘못 이해했다. 그래서 나에게 그 말도 안 되는 증언들에 대해 반박할 기회를 주고자 했다.

「피고인은 할 말이 있는가?」 그는 지적인 존재가 자신과 대등한 존재를 대하는 표정으로 물었다.

「없습니다.」 내가 대답했다.

자신의 운명에 대해 이토록 초연한 사람에게 장대를 내미는 것은 쓸데없는 짓이라고 생각한 듯 그가 고개를 끄덕였다.

사실, 나는 할 말이 너무 많아 아무 말도 하지 않았다. 만약 말을 했다면, 경멸을 감출 수 없었을 것이다. 사람들에게 경멸을 느끼면 오히려 내 마음이 아프다. 도저히 억누를 수 없는 감정들이 있다는 걸 알 정도로 오랫동안 나는 인간이었다. 그 감정들은 억누르려고 애쓰지 말고 지나가게 내버려 두는 게 중요하다. 그렇게 하면 그것들은 아무 흔적도 남기지 않는다.

경멸은 잠들어 있는 마귀다. 움직이지 않는 마귀는 머지않아 말라서 없어진다. 법정에서는 말이 행동과 같은 가치를 지닌다. 경멸을 드러내지 않는 건 그것이 움직이지 못하게 하는 것과 같다.

빌라도가 조언자들에게 의견을 물었다.

「이 증언들은 거짓이오. 저자가 달아나기 위해 어떠한 마술도 부리지 않는 게 그 증거요.」

「저희가 유죄 판결을 요구하는 것은 그 때문이 아닙니다.」

「나도 알고 있소. 나도 저자에게 유죄 판결을 내리기만을 요구하오. 다만, 저 거짓부렁들 때문에 그렇게 한다는 기분이 들지 않았으면 좋겠다, 이 말이오!」

「로마 백성에게는 빵과 오락이 필요합니다. 그런데 이곳 백성에게는 빵과 기적이 있어야 하죠.」

「좋소이다. 이유가 정치적인 거라면 나도 더는 개의 치 않겠소.」

빌라도가 일어나서 선언했다.

「피고인, 너는 십자가에 매달릴 것이다.」

나는 그가 말을 아껴서 좋았다. 라틴어의 정수는 결코 중복의 우를 범하지 않는다. 그가 〈너는 십자가에 매달려 죽을 것이다〉라고 말했다면, 나는 크게 실망했을 것이다. 십자가형에는 죽음 말고 다른 결말이 있을 수 없으니까.

말을 아끼긴 했지만, 그가 육성으로 판결을 내리자 효과는 즉각적이었다. 나는 증인들을 쳐다보았고, 그들이 뒤늦게 불편해한다는 걸 느꼈다. 하지만 그들은 모두 내가 유죄 판결을 받으리라는 걸 알고 있었다. 심지어 열의에 찬 증언으로 그 선고에 적극적으로 기여하기도 했다. 그런데 이제 그들은 그것이 과하다고 여기는 척, 절차의 야만성에 충격받은 척하고 있었다. 몇몇은 자신이 앞으로 일어날 일과 무관하다고 주장하기 위해 나와 눈을 맞추려고 시도했다. 나는 눈길을 돌렸다.

나는 내가 그렇게 죽게 되리라는 걸 알지 못했다. 그것은 대수롭지 않은 소식이 아니었다. 나는 먼저 고통을 떠올렸다. 정신이 혼미해졌다. 누구도 그런 고통을 어림하지 못한다.

십자가형은 가장 수치스러운 범죄를 저지른 자에게 선고된다. 나는 그런 모욕을 예상하지 못했다. 그들이 빌라도에게 요구한 게 바로 그것이었다. 이런저런 추측에 빠져드는 것은 부질없는 짓이다. 어차피 빌라도도 그것에 반대하지 않았으니까. 그는 나에게 사형을 선고해야만 했다. 하지만 고통이 덜한 참수형을 택할 수도 있었을 것이다. 내가 어느 순간에 그의 심기를 건드렸을까? 아마 기적을 부인하지 않았을 때일 것이다.

나는 거짓을 말할 수는 없었다. 그 기적들은 진실로 나의 작품이었다. 하지만 증인들이 주장한 것과 달리, 그 기적들은 나에게 상상을 초월하는 노력을 요구했다. 나에게 기적을 행하는 기술을 가르쳐 준 이는 아무도 없었다.

바로 그때, 재미있는 생각이 뇌리를 스쳤다. 적어도 나를 기다리는 형벌은 나에게 어떠한 기적도, 따라서 어떠한 노력도 요구하지 않을 것이다. 그저 가만히 있는 것으로 충분할 테니까.

「저자를 오늘 십자가에 매다나요?」 누군가 물었다.

　빌라도가 생각에 잠겨 나를 쳐다보았다. 그러고는 뭔가 부족하다고 느꼈는지 이렇게 대답했다.

「아니, 내일.」

　감방에 홀로 있게 되었을 때, 나는 그가 원한 것이 무엇인지 알았다. 그는 내가 두려움을 느끼기를 바랐다.

그가 옳았다. 그날 밤까지 나는 두려움이 어떤 것인지 모르고 있었다. 체포되기 전날 밤, 올리브나무 동산에서 내가 눈물을 흘린 것은 슬픔과 외로움 때문이었다.

이제 나는 두려움을 발견하고 있었다. 누구나 가지는 추상적인 두려움, 죽는 것에 대한 두려움이 아니라, 아주 구체적인 두려움, 십자가형에 대한 두려움을.

나는 내가 인간 중에 가장 체현(體現)[2]된 존재라는 왜곡될 수 없는 신념을 갖고 있다. 잠을 청하기 위해 몸을 누이면, 그 간단한 방치의 동작조차 나에게 너무나 큰

---

2 *incarnation*. 육신을 가진 존재로 현현한다는 뜻. 강림, 강생 등으로 번역되기도 한다.

쾌락을 줘서 터져 나오는 신음을 억눌러야만 한다. 희멀건 죽을 먹거나 미지근한 물을 마셔도, 자제하지 않는다면 내 입에서 쾌감의 탄성이 터져 나올 것이다. 아침 공기를 들이마시며 기쁨의 눈물을 쏟는 일은 나에게 이미 일어났다.

반대의 경우도 마찬가지다. 아주 가벼운 치통도 날 비정상적으로 괴롭힌다. 고작 가시 하나 때문에 내 운명을 저주한 날도 있었다. 나는 쾌감뿐 아니라 고통에 예민한 본성도 감춘다. 내가 표상한다고 여겨지는 것과 맞아떨어지질 않으니까. 이 또한 오해다.

33년을 살아오면서 나는 확인할 수 있었다. 내 아버지의 가장 위대한 성공은 체현이다. 육신과 분리된 권능이 육신을 발명해 낼 생각을 한 건 어마어마한 천재성의 발현이다. 창조는 했는데 그 여파를 미처 가늠하지 못했다면 창조주가 어찌 당황하지 않을 수 있겠는가?

나는 그래서 그분이 날 낳으셨다고 말하고 싶다. 그러나 그것은 사실이 아니다.

훌륭한 이유가 되기는 했겠지만.

인간은 육신의 이런저런 결함에 대해 불평을 늘어놓는다. 당연한 일 아닌가. 집이 없는 건축가가 설계한 집이 어떻게 완벽할 수 있겠는가? 우리는 일상적으로 하는 일에만 훌륭한 솜씨를 발휘한다. 아버지는 한 번도 육신을 가져 본 적이 없다. 나는 그분이 육신에 대해 무지한 상태에서 경이로울 정도로 일을 잘 해냈다고 생각한다.

그날 밤 내가 느낀 두려움은 앞으로 겪게 될 고통에 대한 생각에서 비롯된 신체적인 현기증이었다. 사람들은 처형당하는 자들이 자기 운명을 감당하는 모습을 보여 주기를 기대한다. 그들이 고통에 울부짖지 않으면, 사람들은 그들의 용기에 대해 말한다. 나는 다른 뭔가가 있다고 의심한다. 그게 무엇인지 나는 보게 될 것이다.

나는 내 손발을 꿰뚫을 못들이 두려웠다. 멍청한 짓이었다. 분명히 그보다 훨씬 더 큰 고통들이 있을 테니까. 하지만 못들이 줄 고통은 적어도 내가 상상할 수 있는 것이었다.

옥지기가 나에게 말했다.

「잠은 안 오겠지만 눈 좀 붙여 둬. 내일, 그걸 견뎌 내려면 기력이 필요할 테니까.」

냉소 어린 나의 표정을 보고 그가 말을 이었다.

「웃지 마. 잘 죽으려면 건강이 필요해. 난 알려 줬어.」

맞는 말이었다. 게다가 그날 밤은 잠을 너무나 좋아하는 내가 잘 수 있는 마지막 기회였다. 그래서 나는 시도했다. 바닥에 드러누워 내 몸을 휴식에 내맡겼다. 그런데 휴식이 날 원치 않았다. 눈을 감고 있으면 잠이 오기는커녕 무시무시한 이미지들이 떠올랐다.

그래서 나는 모두가 하는 것처럼 했다. 견딜 수 없는 생각들과 싸우기 위해 다른 생각들에 도움을 청했다.

나는 내가 가장 좋아하는 첫 번째 기적을 떠올렸다. 신혼부부의 한심한 증언이 내 기억을 퇴색시키지는 않았다는 것을 확인하고 나니 마음이 놓였다.

사실 그날은 시작이 그리 좋지 않았다. 어머니를 모시고 결혼식에 가는 건 상당히 부담되는 일이다. 어머니는 무척 순수한 분이긴 했지만 그래도 여느 어머니들과 크게 다르지 않았다. 〈얘야, 너는 신부를 맞아들이지 않고 도대체 뭘 기다리는 거니?〉 그녀는 나를 곁눈질하며 이렇게 묻는 듯한 표정을 지었다. 나는 못 본 척하며 딴청을 피웠다.

고백하건대, 나는 결혼을 별로 좋아하지 않는다. 이 감정은 분석을 거부한다. 그런 종류의 성사(聖事)는 나와 상관이 없는 만큼 이해하기 힘든 불안으로 나를 가득 채운다. 나는 결혼을 하지 않을 것이고, 그래도 전혀 섭섭하지 않다.

평범한 결혼식이었다. 하객들이 기쁨을 실제 느끼는 것보다 과장해서 표현하는 그저 그런 잔치였다. 나는 그들이 나에게 그 이상의 뭔가를 기대한다는 것을 알고 있었다. 무엇을? 그건 알지 못했다.

잔치 음식으로 빵과 구운 생선이 나왔다. 그리고 포도주도. 포도주는 그다지 훌륭하지 않았다. 하지만 화덕에서 막 꺼낸 빵은 뜨겁고 바삭바삭했고, 간이 잘 맞는 생선은 나를 기쁨으로 가득 채웠다. 나는 그 맛과 식감을 조금도 놓치지 않기 위해 아주 집중해서 먹었다. 어머니는 내가 다른 하객들과 대화를 나누지 않아 불편한 기색이었다. 그 점에서 나는 그녀와 닮았다. 그녀도 그리 말이 많지 않다. 단지 말하기 위해 말하는 것, 나는 그걸 못한다. 그녀 역시 그랬다.

나는 그 신혼부부에게 우리가 보통 부모의 친구들을 대할 때 그러듯 겉으로는 상냥하게 굴었지만, 속으로는 무심했다. 내가 그들을 만난 게 아마 그때가 세 번째였을 것이다. 그들은 늘 그렇듯 과장해서 말했다. 〈예수는 아주 어릴 적부터 알았지.〉 〈수염을 기르니 딴사람 같네.〉 인간들이 지나칠 정도로 허물없이 대하면 나는 조금 불편하다. 차라리 그 신혼부부를 만난 적이 없었다면 더 좋았을 것 같다. 그랬다면 우리 관계가 좀 더 진정성을 띠었을 것이다.

요셉이 그리웠다. 어머니나 나처럼 거의 말이 없는 그 선량한 남자는 사람들을 감쪽같이 속이는 재주를 갖고 있었다. 얼마나 귀를 기울여 이야기를 들어 주는지, 사람들은 그에게서 대답을 듣는다고 믿었다. 나는 그 덕성을 물려받지 못했다. 사람들이 단지 말하기 위해 말을 하면, 나는 아예 듣는 척도 하지 않는다.

「무슨 생각을 그렇게 하니?」 어머니가 속삭였다.

「요셉 생각이요.」

「넌 왜 아버지를 그렇게 부르니?」

「잘 아시잖아요.」

그녀가 잘 알 거라고 확신할 순 없었지만, 자기 어머니에게 그런 종류의 것을 설명해야 한다면 얼마 안 가서 할 말이 궁해질 것이 분명했다.

사람들이 웅성이기 시작했다.

「포도주가 동났다는구나.」 어머니가 말했다.

나는 그게 왜 문제가 되는지 알 수 없었다. 그 시큼한 포도주가 동이 났다니, 오히려 잘된 일 아닌가! 차라리 신선한 물이 갈증을 더 잘 풀어 줄 것 같았다. 그래서 나는 계속 먹는 일에만 집중했다. 포도주가 떨어진 것이 그 가족에게 돌이킬 수 없는 불명예가 된다는 사실을 내가 이해하는 데에는 시간이 좀 걸렸다.

「포도주가 떨어졌다는구나.」 어머니가 나 들으라는 듯 또다시 말했다.

가시방석에 앉은 기분이 들었다. 어머니는 얼마나 웃기는 분인지! 그녀는 내가 정상인이기를 원하는 동시에 기적을 일으키길 바랐다!

그 순간 얼마나 외로웠는지! 더는 우물쭈물하고 있을 수가 없었다. 바로 그때 생각 하나가 번개처럼 떠올랐다. 내가 말했다.

「물 항아리 몇 개 가져다주세요.」

집주인이 그 말을 듣고 내가 원하는 것을 갖고 오라고 명했다. 무거운 침묵이 흘렀다. 깊이 생각하면 끝장이었다. 필요한 건 깊은 생각과는 정반대였다. 나는 나 자신을 소멸시켰다. 나는 권능이 피부 바로 아래 있다는 것을, 그것에 대한 생각을 없애야 그것에 도달할 수 있다는 것을 알고 있었다. 나는 내가 앞으로 〈껍질〉이라고 부르게 될 것에 말을 걸었다. 그러고 나서 무슨 일이 일어났는지 알지 못한다. 견디기 힘든 시간 동안 나는 존재하기를 멈췄다.

내가 정신을 차렸을 때, 하객들은 탄성을 터뜨리고 있었다.

「내가 이 고장에서 마셔 본 것 중 최고의 포도주야!」

모두가 종교 의식을 치르는 동안 성직자들이 그들에게 기대할 법한 눈길을 하고 새 포도주를 맛보았다. 나는 터져 나오려는 웃음을 애써 참았다. 그러니까 내 아버지는 포도주가 떨어졌을 때 내가 그 권능을 발견하는 게 좋겠다고 판단하신 것이다. 참 대단한 유머 감각 아닌가! 어떻게 그에게 동의하지 않을 수 있겠는가? 포도주보다 더 중요한 게 뭐가 있는가? 나는 기쁨이 샘에서 절로 흘러나오지 않는다는 것을, 많은 경우 아주 맛있는 포도주가 그것을 느끼게 하는 유일한 수단이라는 것을 알 만큼 오랫동안 인간이었다.

결혼식에 환희가 퍼져 갔다. 신혼부부도 마침내 행복한 표정을 지었다. 하객들이 어울려 춤을 추었고, 포도주의 정령은 아무도 그냥 내버려 두지 않았다.

「최고의 포도주를 싸구려 포도주 다음에 내놓으면 안 되지!」 하객들이 혼주에게 말했다.

내가 보기에 그것은 나무라는 말이 아니었다. 게다가 그 말은 논란의 여지도 있다. 나는 반대라고 생각한다. 우선 마음속에 기쁨이 터를 잡을 수 있게 평범한 포도주로 시작하는 편이 낫다. 사람은 적당히 취기가 올라 즐거워야 훌륭한 포도주를 맞이하고, 그에 걸맞은 최고의 집중도를 보이게 된다.

그 기적은 내가 가장 아끼는 것이다. 어렵지 않은 선택이다. 내 마음에 들었던 유일한 기적이니까. 나는 껍질의 권능을 발견하고 황홀경에 빠져들었다. 자기 능력을 한참 벗어나는 뭔가를 처음으로 해냈을 때, 우리는 그것을 이루기 위해 바친 어마어마한 노력은 금세 잊어버리고 경이로운 결과만을 취하게 된다.

게다가 그때 문제가 된 건 포도주였고, 흥겨운 잔칫날이었다. 그날 이후로는 엉망진창으로 변해 버렸다. 고통, 질병, 죽음, 혹은 그냥 놔뒀으면 더 좋았을 불쌍한 물고기들을 잡는 일이었다. 특히 껍질의 권능을 아는 상태에서 그 힘을 빌리는 것은 그것을 처음 발견하는 것보다 천 배는 더 힘든 일이었다.

가장 안 좋은 것은 사람들의 기대였다. 가나에서는 어머니 외에 나에게 뭔가를 요구한 사람이 아무도 없었다. 그런데 그 후로는 어디를 가든 사람들이 뭔가를 준비해 놓았고, 내 앞에 병에 걸려 누워 있는 사람이나 문둥병 환자를 데려다 놓았다. 기적을 일으키는 일이 은혜를 베푸는 게 아니라 의무를 다하는 게 되어 버렸다.

사지가 잘려 나간 장애인이나 빈사 상태의 환자를 나에게 들이미는 사람들의 눈길에서 내가 수없이 읽은 것은 간청이 아니라 협박이었다! 그들이 생각을 감히 말로 표현할 수 있었다면 이러했을 것이다. 〈넌 그 바보 짓거리로 유명해졌어. 그러니 이제 해달라는 걸 순순히 해주는 게 좋을 거야. 안 그랬다가는 혼쭐날 줄 알아!〉 껍질의 권능을 펼치려면 나를 없애야 하는데, 힘에 부쳐서 부탁받은 기적을 행하지 못하는 경우가 종종 있었다. 그때 나에게 쏟아지던 증오의 눈길이란!

그 후로 나는 많은 생각을 했고, 기적을 행하는 일에 동의하지 않았다. 그러자 그들은 내가 이 땅에 가져다주고자 한 것을 왜곡했다. 사랑은 이제 무상(無償)이 아니었다. 그것은 어딘가에 쓸모가 있어야 했다. 오늘 아침 재판 중에 내가 발견한 사실은 말할 것도 없다. 기적으로 은혜를 입은 사람 중에 나에게 고마움을 느끼는 이는 아무도 없었다. 반대로 그들은 내가 쓸데없이 기적을 행했다며 신랄하게 질책했다. 가나의 신랑 신부조차.

나는 그것을 기억하고 싶지 않다. 나는 가나의 환희만을, 어딘지 모를 곳에서 온 그 포도주를 마시는 행복의 순진무구함, 그 첫 도취의 순수함만을 떠올리고 싶다. 도취는 함께 나눌 때만 가치가 있다. 가나의 결혼식 때, 우리는 너나없이 최고의 방식으로 취했다. 그랬다, 어머니도 얼근히 취했고, 그것은 그녀에게 잘 어울렸다. 요셉이 죽은 이후로 어머니가 행복해하는 모습을 보는 건 드문 일이었다. 어머니는 춤을 췄고, 나도 그녀와 함께, 내가 너무나 사랑하는 선한 여인, 어머니와 함께 춤을 췄다. 나의 도취는 내가 그녀를 얼마나 사랑하는지 그녀에게 말해 주었고, 그녀가 말하지는 않았지만 나 역시 그녀의 대답을 느꼈다. 〈아들아, 너에게 특별한 뭔가가 있다는 건 나도 안단다. 언젠가 그게 문제가 되지 않을까 걱정이야. 하지만 지금, 난 그저 네가 자랑스럽단다. 그리고 네가 마술로 우리에게 선물해 준 훌륭한 포도주를 마실 수 있어서 행복하구나.〉

그랬다, 그날 밤에 나는 취했다. 그 도취는 성스러운 것이었다. 강생 이전에 나에게는 무게가 없었다. 역설적이지만 가벼움을 알기 위해서는 무게가 나가야 한다. 취기는 우리를 무게에서 해방시켜 금방이라도 날아오를 것 같은 느낌을 준다. 정신은 날아다니는 것이 아니라 모든 것을 거침없이 통과한다. 두 가지는 아주 다르다. 새들은 몸을 갖고 있고, 그들의 비행은 정복에 속한다. 몸을 가지는 것은 일어날 수 있는 일 중에 최고의 것이다. 이 말은 아무리 반복해도 과하지 않을 것이다.

나는 내일 내 몸이 고통으로 신음할 때 내가 정반대로 생각할 거라고 짐작한다. 그렇다고 해서 이 몸이 나에게 선사한 발견들을 부인할 수 있을까? 내 삶의 가장 큰 기쁨들, 나는 그것들을 내 몸으로 경험했다. 내 영혼과 정신도 가만히 있지는 않았다는 걸 구태여 밝힐 필요는 없을 것 같다.

내가 기적을 일으킨 것도 몸을 통해서였다. 내가 껍질이라 부르는 것은 신체적인 것이다. 정신의 일시적인 소멸을 전제로 해야 그것에 도달할 수 있다. 나는 나 외에 다른 사람이었던 적이 없다. 하지만 나는 모두가 그 능력을 지니고 있다고 확신한다. 사람들이 그 능력을 펼치는 경우가 그토록 드문 것은 그것의 사용법이 극도로 어렵기 때문이다. 정신에서 벗어나기 위해서는 많은 용기와 힘이 필요하다. 이것은 은유가 아니다. 나 이전에 몇몇 인간이 그것에 도달했고, 나 이후로도 몇몇 인간이 그것을 해낼 것이다.

시간에 대한 나의 앎은 내 운명에 대한 앎과 다르지 않다. 나는 Τι는 알지만 Πώς는 모른다. 그런데 이름들은 Πώς에 속한다. 따라서 먼 훗날 〈인간에게 있어서 가장 심원한 것은 피부다〉[3]라고 말하게 될 작가의 이름을 나는 알지 못한다. 그는 깨달음에 거의 근접하겠지만, 어쨌거나 그를 찬양할 사람들조차도 이 말의 구체적인 뜻을 이해하지는 못할 것이다.

정확하게 말해, 피부가 아니라 바로 그 아래다. 거기에 전능(全能)이 자리하고 있다.

---

3 프랑스 작가 폴 발레리의 『고정 관념』에 나오는 문장.

오늘 밤, 기적은 없을 것이다. 내일 나를 기다리는 것을 회피하는 일은 불가능하다. 그러고 싶은 마음이 없지는 않다.

　딱 한 번, 나는 껍질의 권능을 잘못 사용했다. 내가 무척 시장했는데, 무화과가 아직 익지 않은 때였다. 뜨거운 햇살을 받아 잘 익은, 달콤한 즙이 흐르는 무화과를 깨물고 싶은 욕망이 너무나 컸던 탓에 나는 나무를 저주했고, 그 나무가 영원토록 열매를 맺지 못할 거라고 선고했다. 그러고 나서 별 설득력은 없지만, 단지 비유[4]를

　4 선택을 받고도 열매 맺지 못한 이스라엘 민족에게 하느님이 내리는 천벌이라는 비유.

했을 뿐이라는 핑계를 댔다.

내가 어떻게 이런 불의를 저지를 수 있었을까? 당시는 무화과가 익는 계절이 아니었다. 그것은 내가 행한 것 중에 유일하게 파괴적인 기적이었다. 사실, 그날 나는 범상했다. 식탐을 채울 수 없어 불만이었던 나는 내 욕망이 분노로 변하게 내버려 두었다. 식탐은 아주 아름다운 것이라, 그것을 고스란히 간직하는 것으로, 한두 달 후면 실컷 먹을 수 있을 거라고 나 자신을 타이르는 것으로 충분했는데도.

나에게도 결점이 없지 않다. 내 안에도 분출되기 위해 들썩이는 분노가 있다. 신전에서 장사치들을 내쫓은 일도 있었다. 적어도 내 명분은 정당했다. 그 일로 내가 〈칼을 주러 왔다〉고 말하는 것은 지나치다.

죽음을 앞둔 밤, 나는 그 무화과나무를 빼놓고는 무엇 하나 부끄러울 게 없다는 것을 깨달았다. 나는 아무 죄 없는 무화과나무를 탓했다. 하지만 부질없는 후회에 빠져들지는 않을 것이다. 다만, 그 나무를 찾아가 묵념을 하고, 껴안아 주고, 용서를 구할 수 없어서 아쉬울 뿐이다. 나무가 나를 용서해 주기만 하면 저주는 즉시 풀릴 것이고, 나무는 다시 열매를 맺고 무화과가 잔뜩 열린 가지들을 늘어뜨리며 의기양양할 수 있을 것이다.

나는 제자들과 함께 거닐었던 과수원을 떠올린다. 사과나무 가지들이 과실의 무게를 못 이겨 축 늘어져 있었고, 우리는 그 사과들을 따서 배불리 먹었다. 아삭하고 향기롭고 과즙이 뚝뚝 떨어지는 그 최고의 과일을 맛보았다. 배가 불러 더는 먹을 수 없는 지경이 되어서야 우리는 먹기를 멈추었다. 그러고는 땅바닥에 주저앉아 우리의 폭식에 대해 웃어 댔다.

「우리가 먹을 수 없는 이 사과들, 아무도 먹지 않을 이 사과들! 이 얼마나 슬픈 일인가요!」 요한이 말했다.

「누가 슬퍼한다는 말이냐?」 내가 물었다.

「사과나무들 말입니다.」

「그렇게 생각하느냐? 사과나무들은 열매를 맺는 것으로 행복하단다. 먹어 주는 사람이 없더라도.」

「그걸 어떻게 아십니까?」

「사과나무가 되어 보아라.」

요한이 잠시 입을 다물고 있다가 말했다.

「옳으신 말씀입니다.」

「모조리 먹어 치울 수 없다는 생각에 슬픔을 느끼는 건 바로 우리지.」

제자들이 일제히 웃음을 터뜨렸다.

나는 사과나무에 대해서는 무화과나무에 대해서보다 훨씬 나은 인간이었다. 왜냐고? 식탐을 채웠으니까. 우리는 즐거움을 누렸을 때 훨씬 나은 누군가가 된다. 이 것은 아주 간단한 이치다.

감방에 홀로 있자니, 나 자신이 나한테 저주받은 무화과나무가 된 것 같은 기분이 든다. 그것이 나를 슬프게 한다. 그래서 나는 누구나 그러듯 다른 것을 생각하려고 시도한다. 이 방법의 문제점은 잘 안 된다는 데에 있다. 사과나무, 무화과나무⋯⋯ 나는 유다가 목을 맨 게 어떤 나무였는지 생각해 보았다. 사람들 말로는 가지가 부러졌다고 했다. 유다가 그리 무거운 편이 아니니, 그 나무가 별로 튼실하지 않았던 모양이다.

나는 유다가 나를 배신하리라는 것을 진작부터 알고 있었다. 하지만 내 예지의 성격상 그가 어떻게 배신할 것인지에 대해서는 알지 못했다.

유다와 처음 만났을 때 나는 아주 강한 인상을 받았다. 당시 나는 누구와도 말이 통하지 않는 시골 오지에 있었다. 내가 말을 하면 할수록 주변에서 적개심이 끓어오르는 것을 느꼈다. 사람들의 이글거리는 눈 속에서 나 자신을 볼 정도로. 사랑을 전하러 온 어릿광대에 대해 그들이 느끼는 경악에 공감할 정도로.

온몸의 모공을 통해 불만을 뿜어 대는 그 야위고 침울한 청년이 군중 속에 있었다. 그가 나에게 물었다.

「이웃을 사랑해야 한다고? 그럼 당신은 나를 사랑하나?」

「물론이지.」

「말도 안 되는 소리. 아무도 날 사랑하지 않아. 그런데 왜 당신이 나를 사랑하겠어?」

「널 사랑하기 위해 이유가 따로 있어야 하는 건 아니지.」

「이것 보라지. 아무 말이나 마구 지껄여 댄다니까.」

사람들이 일제히 공모의 웃음을 터뜨렸다. 그는 그것에 들뜬 듯 보였다. 보아하니, 그가 그 마을에서 사람들의 동의를 이끌어 낸 게 그때가 처음인 것 같았다.

장차 어떤 일이 일어날지 내가 안 것은 바로 그때였다. 그 청년은 나를 배신할 터였다. 나는 마음이 아팠다.

사람들이 뿔뿔이 흩어졌고, 오로지 그만 내 앞에 남아 있었다.

「우리와 함께하겠느냐?」내가 그에게 물었다.

「우리라니, 누구?」

나는 저만치 물러나 바위에 앉아 있는 제자들을 가리켰다.

「내 친구들이다.」내가 말했다.

「그럼 나는, 나는 뭐죠?」

「너도 내 친구다.」

「당신이 그걸 어떻게 알죠?」

나는 대답을 해봤자 아무 소용 없으리라는 것을 깨달았다. 그에게는 삐딱한 뭔가가 있었다.

누구에게나 이런 친구, 그가 우리의 친구라는 것을 다른 사람들이 이해하지 못하는 그런 친구가 있다고 생각한다. 제자들은 대번에 그를 우리의 일원으로 받아들였다. 하지만 유다는 그러지 않았다.

그는 미운 짓만 골라서 했다. 그는 호평을 받는다는

느낌이 들 때마다, 따돌림을 당하기 위해 하지 않아도 될 말을 했다.

「날 좀 가만히 둬요. 당신들이랑 볼일 없으니까!」

그러고는 악의가 명백하게 드러나는 장황한 이야기들이 끝없이 이어졌다.

「넌 어떤 점에서 우리와 그토록 다르니, 유다?」

「난 팔자 좋은 집안에서 태어나지 않았어.」

「우리 대부분이 그래.」

「내가 당신들과 같지 않다는 게 뻔히 보이잖아, 안 그래?」

「우리와 같지 않다니, 그게 무슨 뜻이니? 예를 들어, 시몬과 요한은 공통점이 전혀 없어.」

「아니, 있어. 그들은 예수를 바라볼 때 놀라서 입을 못 다물어.」

「놀라서 입을 못 다무는 게 아니야. 그분을 사랑하고 우러러보는 거지, 우리가 다 그렇듯이.」

「난 아냐. 그를 좋아하긴 하지만 우러러보진 않아.」

「그럼 왜 그분을 따르는 건데?」

「그가 나에게 그러라고 했으니까.」

「그렇다고 해서 억지로 따를 필요는 없어.」

「난 그에 비길 만한 다른 예언자도 많이 만나 봤어.」

「그분은 예언자가 아니야.」

「예언자든 메시아든, 그게 그거야.」

「완전히 다르지. 그분은 이 땅에 사랑을 가져다주러 오셨어.」

「그의 사랑이 도대체 뭔데?」

유다하고는 늘 모든 것을 처음부터 다시 시작해야 했다. 그는 마음만 먹으면 누구든 낙담시킬 수 있었다. 나역시 낙담한 적이 한두 번이 아니었다. 그를 사랑하는 일은 무모한 내기와 같았고, 그래서 나는 그를 더욱 사랑했다. 내가 힘든 사랑을 좋아하기 때문이 아니라, 그를 대할 때는 이 추가분의 사랑이 꼭 필요했기 때문이다.

내가 다른 제자들하고만 지냈다면, 아마 유다 같은 사람들을 위해 내가 이 세상에 왔다는 사실을 잊고 말았을 것이다. 문제아, 말썽꾼, 시몬이 〈골칫덩이〉라고 부르는 사람들 말이다.

〈그의 사랑이 도대체 뭔데?〉 좋은 질문이다. 매일 밤 낮없이 자신 속에서 그 사랑을 찾아야 한다. 그것을 찾으면, 모든 것이 너무나 자명해서 우리는 그것에 이르는 것이 왜 그렇게 어려웠는지 이해할 수 없게 된다. 또한, 그것의 끊임없는 흐름 속에 머물러야 한다. 사랑은 에너지, 즉 움직임이다. 그 안에서는 아무것도 정체되지 않는다. 그러니 어떻게 머물지 묻지 말고 그 분출 속에 자신을 내던지는 것이 중요하다. 그것은 개연성에 좌우되는 게 아니기 때문이다.

우리가 그 안에 있을 때 우리는 그것을 본다. 이 말은 은유가 아니다. 나는 이미 여러 차례 서로 사랑하는 두 존재를 이어 주는 빛의 다발을 본 적이 있다. 그 빛이 당신을 비추면 눈에는 잘 안 보이지만 더 잘 느껴진다. 광선들이 피부를 뚫고 들어오는 것을 지각할 수 있다. 그보다 더 좋은 느낌은 없다. 그 순간 귀를 기울일 수 있다면 당신은 불꽃이 탁탁 튀는 소리를 들을 수 있을 것이다.

도마는 눈에 보이는 것만 믿는다. 유다는 눈에 보이는 것조차 믿지 않는다. 그는 이렇게 말하곤 했다. 「나는 내 감각들에 속고 싶지 않아요.」진부한 말도 최초로 발화되면 꽤 큰 효과를 발생시킨다.

유다는 역사상 가장 많은 주석이 달리게 될 인물 중

하나다. 나를 배신하는 역할을 했는데, 놀랄 일도 아니지 않은가? 사람들은 그가 배신자의 원형이라고 주장할 것이다. 이 가설은 오래도록 명을 이어 갈 것이다. 하지만 이러한 선고로 인해 야기된 설왕설래는 그와 정반대의 해석에도 이르게 될 것이다. 다를 바 없는 정보의 빈곤에서 출발해, 유다는 가장 사랑이 깊고, 가장 순수하며, 가장 결백한 제자로 선언될 것이다. 인간의 판단이라는 게 너무 빨라서 그들이 자신을 그토록 심각하게 여기는 것을 보면 나도 모르게 실소가 터져 나온다.

유다는 아주 별난 녀석이었다. 그에게는 어떤 방식으로 분석해도 알 수 없는 구석이 있었다. 그는 거의 체현이 안 된 사람이었다. 더 정확하게 말하자면, 그는 부정적인 감각들만 지각했다. 그는 〈등이 아파요〉라고 말하며 진리라도 발견한 것 같은 표정을 지었다.

「봄바람이 참 좋구나.」

내가 이렇게 말하면, 그는 심드렁하게 대꾸했다.

「그런 말은 누구나 할 수 있어요.」

「그래, 그래서 더 좋은 것이란다.」

그는 말 같지도 않은 말에 대답이나 하며 시간을 허비

하지 않겠다는 듯 어깨를 으쓱할 뿐이었다.

처음에는 제자들 모두가 그를 껄끄러워했다. 하지만 그들은 선량한 사람들이었기에 유다를 보듬으려고 애썼다. 그러자 유다는 더 공격적으로 변해 갔다. 그래서 그들은 서서히 그에게 말을 너무 많이 하지 않는 편이 낫다는 것을 깨달았다. 그렇다고 그를 무시해서도 안 되었다. 성격이 워낙 괴팍해서 말을 안 하면 이번에는 안 한다고 화를 냈으니까.

유다는 무엇보다 자기 자신에게 지속적인 문젯거리였다. 그는 화를 낼 이유가 전혀 없어도 화를 냈다. 조금만 거슬려도 쉽게 흥분했다. 따라서 차라리 그를 적대적으로 대하는 편이 나았다. 오히려 그것을 더 편하게 여겼으니까. 그를 만나기 전에 나는 늘 화가 나 있는 사람들이 있다는 걸 몰랐다. 나는 그가 그런 사람 중 최초인지는 모르지만, 마지막이 아니라는 것은 안다.

우리는 그를 사랑했다. 그도 그것을 알아차렸고, 그래서 그 사랑을 거두게 만들려고 애썼다.

「난 천사가 아니야. 난 성격이 아주 못됐어.」

「그건 우리도 진작부터 알고 있었어.」 우리 중 하나가

웃으며 대답했다.

「뭐라고? 사돈 남 말 하고 있네!」

그는 매번 생트집을 잡거나, 그러지 않을 때는 우리의 애정이 식게 만들려고 애썼다.

그는 거짓을 끔찍하게 싫어했다. 그 주제에 관해 이야기를 나누다가 나는 그가 거짓이 어떤 것인지 모른다는 것을 깨달았다. 예를 들어, 그는 거짓과 비밀을 구별하지 못했다.

「정보를 발설하지 않는 것, 그것은 거짓을 말하는 게 아니란다.」 내가 그에게 말했다.

「모든 진실을 밝히지 않는 한, 그것은 거짓입니다.」 그가 대답했다.

그는 한 치도 물러서지 않았다. 나는 이론으로는 실패했기 때문에 미묘한 구분을 시도했다.

「꼽추를 사형에 처한다는 새로운 법이 선포되었다고 치자꾸나. 그런데 네 이웃의 등에 혹이 있고, 당국에서는 너한테 꼽추를 아느냐고 물어. 물론 너는 모른다고 대답하겠지. 그건 거짓말이 아니야.」

「아뇨, 거짓말입니다.」

「아니지, 그건 비밀이지.」

유다가 좀 더 자신의 몸에 거했더라면, 그는 그에게 결핍된 것, 즉 섬세함을 가졌을 것이다. 몸은 정신이 이해하지 못하는 것을 파악할 수 있기 때문이다.

나는 체현 이전의 기억이 거의 없다. 만물이 말 그대로 나에게서 벗어났다. 느끼지 못한 것을 어떻게 붙들 수 있겠는가? 삶의 예술보다 더 위대한 예술은 없다. 최고의 예술가들은 가장 섬세한 감각을 지니고 있는 사람들이다. 자신의 피부 말고 다른 곳에 흔적을 남기는 것은 쓸데없는 것이다. 귀를 기울이기만 한다면, 우리는 몸이 언제나 총명하다는 것을 알 수 있다. 내가 확정할 수 없는 먼 훗날, 사람들은 각 개인의 지능 지수를 측정할 것이다. 하지만 그건 아무 쓸모가 없을 것이다. 다행스럽게도, 어떤 존재의 체현도(體現度), 다시 말해 그 존재의 최고 가치는 직관 말고 다른 방식으로는 절대 평가할 수 없을 것이다.

이 문제를 혼란스럽게 하는 것은 자기 몸을 벗어날 수 있는 사람들의 경우다. 그것이 얼마나 쉬운 일인지 안다면, 최선의 경우 쓸데없고, 최악의 경우 위험하기까지 한 그 만용에 사람들이 그토록 탄복하는 일은 사라질 것이다.

고귀한 정신은 몸을 벗어나도 해를 끼치지 않을 것이다. 아직 아무도 해보지 않았다는 단 하나의 이유로 인해 마치 여행을 하는 멋과 즐거움을 맛볼 수도 있을 것이다. 일상적으로 다니는 길을 반대 방향으로 거닐면 색다르게 느껴지는 것과 비슷하지 않을까 싶다. 문제는 일반인이 그 경험을 모방할 것이라는 데에 있다. 내 아버지는 유체 이탈을 더 철저히 차단했어야 했다. 물론 나도 인간의 자유에 대한 아버지의 고민을 이해하기는 한다. 하지만 약한 정신들이 몸과 분리되면 그들에게나 타인에게나 재난에 가까운 결과가 발생한다.

체현된 존재는 절대 가증스러운 행동을 하지 않는다. 그가 살인을 한다면, 그것은 자신을 보호하기 위해서다. 그는 정당한 사유 없이 분노하지 않는다. 악은 언제나 정신에서 자신의 기원을 찾아낸다. 몸이라는 보호막이 없을 때 정신의 폐해는 시작될 수 있다.

동시에 나는 깨닫는다. 나 역시 고통을 당하는 것이

두렵다. 사람들이 몸에서 분리되고자 하는 것은 비상구를 확보하기 위해서다. 내일, 나에게 비상구는 없을 것이다.

내가 이 글을 쓰는 밤은 존재하지 않는다. 이 점에 있어서 복음서는 명료하다. 내가 자유롭게 마지막 밤을 보낸 곳은 올리브나무 동산이다. 다음 날, 그들이 나에게 유죄를 선고한다. 판결은 즉각적이다. 나는 거기서 인도주의의 한 형태를 본다. 누군가를 기다리게 하는 것, 그것은 형벌을 배가하는 것이다.

그런데 거기에는 내가 지어내는 느낌이 들지는 않았던, 아직 탐험되지 않은 측면, 다시 말해 내가 죽음과 나 사이에 끼워 넣은 다른 종류의 시간이 있다. 나도 다른 사람들과 똑같다. 나도 죽는 것이 두렵다. 내가 특혜를 누릴 거라고는 생각하지 않는다.

내가 선택한 것일까? 그런 것 같다. 내가 어떻게 내가 되기를 선택할 수 있었을까? 아마 대다수의 선택을 관장하는 이유, 그러니까 알지 못하는 상태에서 선택했을 것이다. 만약 아는 상태에서 선택한다면, 사람들은 살지 않는 쪽을 택할 것이다.

그래도 내 선택이 최악인 건 마찬가지다. 따라서 내가 몰라도 아주 까맣게 몰랐어야 한다. 사랑의 경우에는 일이 이런 식으로 이루어지지 않아 그나마 다행이다. 선택하지 않는 것, 그걸 보면 사랑에 빠졌다는 걸 알 수 있다. 너무 비대한 자아를 가진 사람은 선택하지 않는 걸 견뎌 내지 못하기 때문에 좀처럼 사랑에 빠지지 못한다. 그들은 스스로 선별한 사람에게 반한다. 그것은 사랑이 아니다.

내 운명을 선택한 그 있을 법하지 않은 순간에, 나는 마리-마들렌[5]과 사랑에 빠지는 것도 그 운명에 포함되리라는 것을 알지 못했다. 나는 그녀를 그냥 마들렌이라 부를 것이다. 이어 붙여 만든 이름을 별로 좋아하지 않으니까. 그녀를 막달라 출신의 마리라고 하는 것도 좀

5 Marie-Madeleine. 막달라 마리아의 프랑스식 이름.

장황한 듯하다. 그렇다고 그냥 마리라고 부르는 건 안 될 일이다. 연인과 어머니를 같은 이름으로 부르는 건 바람직하지 않다.

사랑은 선택하지 않으니 인과성이 존재하지 않는다. 사랑에 빠진 이유, 우리는 나중에 재미 삼아 그것들을 지어낸다. 나는 마들렌을 보자마자 사랑에 빠졌다. 누군 가 트집을 잡을 수도 있을 것이다. 시각이 그런 역할을 했다면, 극도로 아름다운 마들렌의 외모를 원인으로 간 주할 수 있지 않으냐고. 사실, 그녀가 입을 다물고 있었 기 때문에 나는 그녀의 목소리를 듣기 전에 그녀의 겉모 습부터 봤다. 마들렌의 목소리는 겉모습보다 훨씬 더 아 름답다. 따라서 내가 청각으로 그녀를 처음 접했다 하더 라도 결과는 마찬가지였을 것이다. 나머지 세 감각에 대 해서도 이 논리를 계속 펼친다면, 나는 그리 점잖지 못 한 발언을 하게 될 것이다.

내가 마들렌을 보자마자 사랑에 빠진 데에는 놀라울 게 전혀 없다. 하지만 그녀가 날 보자마자 사랑에 빠진 건 놀라운 일이다. 놀랍긴 해도, 그녀가 나를 보는 순간 그런 일이 일어났다.

어떻게 그런 일이 일어났는지 알 수 없었지만, 우리는 기회가 있을 때마다 그 이야기를 주고받았다. 잘한 일이 었다. 그것이 우리에게 한없는 즐거움을 주었으니까.

「당신의 얼굴을 봤을 때 난 너무 놀라 입을 다물 수가 없었어요. 그토록 눈부신 아름다움이 어떻게 가능한지 난 몰랐습니다. 잠시 후 당신이 나를 바라보자 상황이 더 나빠졌죠. 그런 식으로 바라볼 수 있다는 것도 몰랐으니까요. 당신이 날 바라보면, 나는 숨을 쉬기조차 힘들어요. 모든 사람을 그런 식으로 바라보나요?」

「그런 것 같지는 않아요. 제가 그걸로 유명하진 않으니까요. 놀리는 게 아니고서야 그러시면 안 되죠. 예수님, 당신의 눈길은 사람들 사이에서 유명해요. 당신 눈길에 잡히려고 이리저리 자리를 옮겨 다닐 정도로.」

「난 아무도 당신 쳐다보듯 쳐다보지 않아요.」

「그러시길 바라요.」

사랑은 확신과 의심을 한데 모은다. 우리는 사랑받고 있다고 확신하는 만큼 그것을 의심한다. 번갈아 그런 게 아니라, 난감하지만 동시에 그러하다. 사랑하는 이에게 질문을 퍼부어서 의심을 떨치려 애쓰는 건 극도로 애매

한 사랑의 본성을 부인하는 일이다.

마들렌은 많은 남자를 겪었지만, 나는 어떠한 여자도 겪지 못했다. 그래도 경험이 없기는 둘 다 마찬가지였다. 우리는 우리에게 일어난 일에 대해 신생아처럼 무지했으니까. 중요한 건 발작처럼 닥치는 그 상태를 열렬하게 받아들이는 것뿐이다. 나는 그것에 아주 뛰어나다고 감히 말할 수 있다. 마들렌 역시. 그녀의 경우는 훨씬 경탄스럽다. 남자들로 인해 험한 일을 밥 먹듯이 겪어 봤을 텐데도 그녀는 경계심이 많은 여자로 변하지 않았다. 그녀는 사랑을 받을 만하다.

그녀가 얼마나 그리운지! 나는 생각으로 그녀를 소환한다. 하지만 달라지는 건 아무것도 없다. 어쩌면 그녀에게 이런 내 꼴을 보여 주는 걸 거부해야 마땅하리라. 하지만 그녀를 다시 볼 수만 있다면, 그녀를 품에 안을 수만 있다면 나는 무엇이든 바칠 것이다.

사람들은 사랑이 눈멀게 한다고 말한다. 나는 정반대의 사실을 확인했다. 보편적인 사랑은 고통스러운 통찰력을 전제하는 너그러움의 행위다. 사랑에 빠진 상태는 맨눈에는 보이지 않는 찬란함에 눈뜨게 해준다.

마들렌의 아름다움은 널리 알려져 있었다. 하지만 그녀가 얼마나 아름다운지 나만큼 잘 아는 사람은 없었다. 그와 같은 아름다움을 감당할 수 있으려면 용기가 필요하다.

나는 그녀에게 수사학적인 의도가 전혀 없는 이 질문을 자주 던졌다.

「그토록 아름다우면 기분이 어때요?」

그녀가 눈을 내리깔며 우물거렸다.

「누구와 함께 있느냐에 따라 달라요.」

혹은,

「나쁘지 않아요.」

혹은,

「당신은 너무나 상냥하세요.」

지난번에는 내가 캐물었다.

「환심을 사려고 묻는 게 아닙니다. 정말 궁금해서 그래요.」

그녀가 한숨을 내쉬며 말했다.

「당신을 만나기 전에는 아주 가끔 그것을 의식하게 되면 당황해서 어쩔 줄 몰랐어요. 그런데 당신이 저를 쳐다본 이후로는 그것을 기뻐할 수 있게 되었어요.」

혹여 오해할까 봐 내가 그녀에게 말하지 않은 것 가운데 이것이 있다. 내가 그녀와 맛본 모든 기쁨 중에 그녀의 아름다움을 바라보는 기쁨에 견줄 수 있는 건 아무것도 없었다.

「제발 그렇게 쳐다보지 마세요.」 그녀는 가끔 이렇게 말하곤 했다.

「당신은 나의 물잔입니다.」

어떠한 향락도 목이 말라 죽을 지경일 때 물잔이 제공하는 향락을 따라가지 못한다. 복음서 저자들 가운데 작가라는 이름에 걸맞은 재능을 보여 준 건 요한뿐이다. 그의 말을 가장 신뢰하기 어려운 것도 바로 그 때문이다. 〈이 물을 마시는 사람은 영원히 목마르지 않을 것이다.〉 내 입으로 그런 말을 한 적이 없으니 아마 오해가 있었던 모양이다.

내가 이 지역을 택한 것은 우연이 아니다. 이 지역이 정치적으로 갈가리 찢겨 있는 것 외에도 다른 이유가 있었다. 나에게는 목이 타는 듯한 갈증의 땅이 필요했다.

갈증을 제외하고, 내가 불어넣고자 하는 것을 그토록 절실하게 일깨우는 감각은 없다. 그 감각을 나만큼 처절하게 느껴 본 이가 없는 것도 필시 그 때문이리라.

내가 진실로 너희에게 이르노니, 너희가 목이 말라 죽을 지경일 때 느끼는 것, 그것을 배양하라. 그것이 바로 신비주의적 충동이다. 이것은 은유가 아니다. 배고픔을 더는 느끼지 않을 때 우리는 그것을 포만이라 부른다. 피로를 더는 느끼지 않을 때 우리는 그것을 휴식이라 부른다. 고통을 더는 느끼지 않을 때 우리는 그것을 위안이라 부른다. 갈증을 더는 느끼지 않을 때 그것을 칭하는 낱말은 없다.

언어는 지혜로워서 갈증에 반대되는 낱말을 창조해서는 안 된다는 것을 깨달았다. 갈증을 해소할 수는 있지만, 그 말은 존재하지 않는다.[6]

자신은 절대 신비주의자가 아니라고 생각하는 사람들이 있다. 그들은 잘못 생각하고 있다. 신비주의자가 되기 위해서는 잠시 목이 타는 갈증을 느껴 보는 것으로

---

6 우리말에는 〈해갈〉이라는 단어가 있지만, 프랑스어에는 해갈을 뜻하는 낱말이 없다. 그래서 반드시 〈갈증의 해소 *étanchement de la soif*〉라고 써야 한다.

충분하다. 목마른 자가 물잔을 입술에 갖다 대는 형용할 수 없는 순간, 그것이 바로 신이다.

그것은 절대적 사랑의 순간, 한없는 경이의 순간이다. 이 순간을 경험하는 사람은 그것이 지속되는 한 반드시 순수하고 고결하다. 나는 오로지 이 충동을 가르치러 왔다. 내 말은 듣는 사람이 당혹스러워할 정도로 단순하다.

그것은 너무나 단순해서 실패할 운명에 처해 있다. 지나친 단순함은 이해를 방해한다. 인간 정신이 평상시에 궁핍이라고 정의하는 것의 찬란함에 도달하기 위해서는 신비주의적인 망아지경(忘我之境)을 경험해 봐야 한다. 희소식은 극도의 갈증이 이상적인 망아지경이라는 사실이다.

나는 목마른 자에게 그것을 견뎌 보라고 권한다. 마시는 순간을 늦춰 보라고. 물론 한없이 늦추라는 말은 아니다. 건강을 위험에 빠뜨려서는 안 되니까. 나는 갈증에 대해 깊이 생각해 보라고 요구하는 게 아니다. 갈증을 해소하기 전에 그것을 몸과 마음으로, 철저하게 느껴 보라는 것이다.

실험을 해보라. 목이 타는 갈증을 참고 또 참은 후에 잔의 물을 단숨에 들이켜지 마라. 한 모금만 입에 머금고 삼키기 전 몇 초 동안 참아 보라. 그 경이로움을 가늠해 보라. 그 황홀함, 그것이 바로 신이다.

다시 말하지만, 이것은 신의 은유가 아니다. 바로 그 순간 그 한 모금의 물에 대해 당신이 느끼는 사랑이 바로 신이다. 나는 존재하는 모든 것에 그러한 사랑을 느끼기에 이른 자이다. 그리스도가 된다는 게 바로 그런 것이다.

여기까지 오기도 쉽지 않았다. 내일은 어마어마하게 힘들 것이다. 그래서 그것을 해내기 위해 나는 나에게 도움이 될 결정을 내린다. 나는 옥지기가 감옥에 두고 간 물병의 물을 마시지 않을 것이다.

그것이 나를 슬프게 한다. 나는 감각 중 최고의 것, 내가 가장 좋아하는 감각을 마지막으로 느껴 봤으면 좋겠다. 하지만 나는 의도적으로 그것을 포기한다. 무분별한 결정이긴 하다. 십자가를 져야 할 때 수분 부족은 나를 더욱 힘들게 할 것이다. 하지만 나는 갈증이 날 보호해 주리라는 것을 알 정도로 나 자신을 잘 알고 있다. 갈증은 그정도로 심해질 수 있다. 다른 고통이 덜 느껴질 정도로.

잠을 좀 자둬야 한다. 나는 땅바닥보다 훨씬 더러운 감옥 바닥에 몸을 뻗고 눕는다. 나는 악취에 무심해지는 법을 깨우쳤다. 일부러 나쁜 냄새를 내는 것은 없다고 생각하면 된다. 정말 그런지는 모르지만, 그렇게 생각하면 최악의 곰팡내도 받아들일 수 있게 된다.

　누운 자세로 나 자신의 무게를 바닥에 내맡길 때마다 나는 놀라움을 금치 못했다. 얼마 안 나가는 무게지만, 그 해방감이란! 체현은 자기 살덩어리를 늘 짊어지고 다니는 걸 전제한다. 내 시대에는 대체로 통통하게 살이 찐 사람들을 좋아했다. 나는 그 대세를 포기했기 때문에 비쩍 말랐다. 피둥피둥 살이 쪘으면서 가난한 사람들을 위해 왔다고 주장할 수는 없지 않은가. 마들렌은 나더러 잘생겼다고 한다. 그렇게 말하는 사람은 그녀가 유일하다. 어머니도 나를 보면 한숨을 쉬며 말한다. 「좀 먹으렴, 안쓰러워서 못 보겠구나!」

나는 최소한만 먹는다. 내가 내 몸무게 55킬로그램 이상을 짊어지게 되면 아마 헐떡일 것이다. 적잖은 사람들이 삐쩍 마른 내 몸 때문에 내 말에 귀를 기울이지 않는다는 건 진작부터 알고 있었다. 나는 그들의 눈에서 읽는다. 〈어떻게 저런 말라깽이한테 조금이라도 지혜가 있다고 생각할 수 있단 말인가?〉

내가 베드로를 첫 번째 사도로 선택한 것도 그 때문이다. 요한보다 영감이 떨어지고, 가장 충직하지도 않지만, 그는 몸집이 거대하다는 장점을 가졌다. 그래서 그가 말을 하면 사람들은 강한 인상을 받는다. 웃기는 것은 그게 나에게도 유효하다는 사실이다. 그가 나를 부인하리라는 것을 알지만, 그는 나에게 신뢰감을 불어넣는다. 키가 크고 체격이 좋기 때문만은 아니다. 나는 그가 먹는 모습을 지켜보는 걸 정말 좋아한다. 그는 깨작거리지 않는다. 이것저것 가리지 않고 손으로 음식을 덥석 집어서

촌사람의 투박한 기쁨을 드러내며 먹어 치운다. 물도 병째 들고 바닥까지 단숨에 들이켜고는 거하게 트림을 한 후 억센 손등으로 입가를 쓱쓱 닦는다. 체면을 차리는 법이 없고, 다른 사람들은 다르게 먹는다는 걸 알아차리지도 못한다. 우리는 그를 사랑하지 않을 수 없다.

요한은 나처럼 먹는다. 소식(小食)하는 나를 흉내 내려고 그러는 것인지는 모르겠다. 사실, 그 때문에 그에게는 거리감을 느끼게 된다. 우리는 얼마나 이상한 종인가! 인간적인 것은 무엇 하나 나에게 낯설지 않다. 식탁에서 나는 요한에게 이렇게 소리치고 싶지만 참아야 한다.「좀 먹는 것처럼 먹으렴, 네가 워낙 점잔을 빼니 다른 사람들도 못 먹겠구나!」나 역시 그렇게 먹는 만큼 사리에 어긋나니까.

내가 요한을 사랑할 수 있으려면 식탁을 벗어나야만 한다. 그가 나와 나란히 걸으며 내 말에 귀를 기울일 때 나는 그를 사랑한다. 사람들은 내가 남의 말을 아주 잘 들어 준다고 한다. 내가 귀 기울여 들어 주면 어떤 효과가 발생하는지 나는 모른다. 하지만 요한의 경청이 사랑이고, 그것이 날 감동하게 한다는 것은 안다.

내가 베드로에게 말을 하면, 그는 눈을 부릅뜨고 1분 동안 귀 기울여 듣는다. 그런데 그 1분이 지나면 집중력이 흐트러지는 게 보인다. 그의 잘못은 아니다. 그가 인식하지도 못하는 사이 그의 눈길이 가닿을 곳을 찾아 움직인다. 요한은 내가 말을 걸면, 마치 내가 털어놓는 이야기가 그를 혼란에 빠뜨릴 정도로 감동시키리라는 것을 알기라도 하는 듯 곧바로 눈을 살짝 내리깐다. 내가 말을 마치면, 잠시 침묵을 지키고 있다가 나를 향해 반짝이는 눈을 다시 든다.

마들렌 역시 내 말을 그 정도로 경청한다. 하지만 그녀의 경우에는 부당한 이유로 인해 감동이 덜하다. 이 시대의 여자들은 그런 식으로 경청하라고 배우면서 크기 때문이다. 그래도 그녀만큼 귀 기울여 듣는 여자는 드물다. 이 마지막 밤을 그녀와 함께 보낸다면 얼마나 좋을까! 「우리, 미친 사랑으로 자요.」 그녀는 이렇게 말하곤 했다. 그러고는 모로 누워서 내 품 안에 웅크리고는 곧바로 잠이 들었다. 나는 한 번도 푹 잔 적이 없었다. 마치 그녀혼자 우리 두 사람 몫의 잠을 자기라도 하는 것처럼.

나는 그녀 덕분에 잠을 자는 게 사랑의 행위라는 것을

알았다. 그렇게 잠이 들면, 우리의 영혼이 사랑을 나눌 때보다 더 잘 섞였다. 그것은 우리를 함께 데려가는 기나긴 실종이었다. 마침내 잠에 빠져들면, 나는 난파되어 어디론가 떠내려가는 것 같은 아주 좋은 느낌을 받았다.

이러한 환각은 잠에서 깨어나도 남아 있었다. 나는 지표들을 모조리 상실해 버린 탓에 우리의 잠자리가 우리가 표류해 온 해안이라는 인상을 받았고, 우리는 산 채로 그 해안에서 다시 만난 것에 놀라지 않을 수 없었다. 해변에서, 사랑하는 여인 곁에서 깨어나는 것은 얼마나 감사한 일인지!

난파에서 살아남았다는 인상이 어찌나 강한지 막 시작되는 하루는 첫날의 기쁨을 가져다주어야만 했다. 첫 포옹, 첫 번째 밀어, 첫 모금.

마들렌은 인근에 강이 있으면 멱을 감으러 가자고 나를 이끌었다. 「아침을 시작하기에 그보다 좋은 건 없어요.」 그녀는 이렇게 말하곤 했다. 실제로 너무 푹 잔 밤의 장독(瘴毒)을 씻어 내기에 그만 한 것이 없었다. 「멱을 감는 김에 목도 축이세요. 당신께 뭐든 바치고 싶지만 이보다 나은 게 없으니까요.」 그녀는 이렇게 덧붙였다. 우리는 아침을 먹을 필요성을 느끼지 못했다. 잠에서 깨어나자마자 뭔가를 먹는 건 생각만 해도 속이 울렁거린다. 그게 관습이 된다니 도저히 믿을 수가 없다. 입 안을 상쾌하게 헹구기 위해서는 물 몇 모금으로도 충분하다.

이 감미로운 생각들도 잠을 불러오는 힘을 전혀 갖고 있지 않다. 내가 정말 잠들기를 원한다면 권태를 느끼려고 애써야 한다. 의도적으로 심심하려면 강철 같은 의지가 필요하다. 아뿔싸, 죽음을 앞두고 있기 때문인지 아무것도 따분하게 느껴지지 않는다. 한쪽 귀로 흘려들었던 바리새인들의 연설조차 지금은 재미있게 느껴진다. 나에게 목수의 기술을 전수하려 했던 요셉의 노력을 떠올려 보려고 애쓴다. 나는 얼마나 나쁜 제자였는지! 화를 내는 법이 없는 요셉이 당황해서 짓던 표정이라니!

그리스도는 부드럽다는 뜻이다. 참 아이러니하다. 내 인간 부모가 나보다 천 배는 더 부드러우니. 그토록 선한 두 사람이 만나다니, 어떻게 그럴 수가 있나 싶다. 나는 사람들 마음을 훤히 들여다본다. 누군가가 억지 노력으로 선할 때 나는 그것을 안다. 그것은 때때로 나의 태도이기도 하다. 요셉은 천성적으로 착하다. 그가 숨을 거둘 때 나는 그의 곁을 지켰다. 그는 자신의 목숨을 앗아간 그 어처구니없는 사고를 저주하지도 않았다. 그는 나를 보고 웃으며 이렇게 말했다.

「너는 이런 사고 당하지 않게 조심하렴.」

그러고는 숨을 거두었다.

아뇨, 요셉, 나는 지붕에서 떨어져 죽진 않을 거예요.

어머니는 너무 늦게 도착했다.

「심한 고통을 겪지는 않았어요.」 내가 말했다.

어머니는 그의 얼굴을 부드럽게 쓰다듬어 주었다. 내 부모는 서로 사랑에 빠지지는 않았지만, 서로를 많이 아꼈다.

내 어머니도 나보다 훨씬 낫다. 그녀에게 악은 낯선 것이다. 마주쳤을 때 알아보지 못할 정도로. 나는 이러한 그녀의 무지가 부럽다. 나에게 악은 낯설지 않다. 타인에게서 그것을 확인하려면, 나 역시 그것을 갖추고 있어야만 했다.

유감스럽게 생각하지는 않는다. 내 안에 그 어두운 얼룩이 없었다면, 나는 결코 사랑에 빠질 수 없었을 것이다. 사랑에 빠진 상태는 악과 무관한 존재들은 노리지 않는다. 그 상태에 악한 뭔가가 있어서가 아니라, 그 상태를 경험하려면 그 아찔한 현기증의 출현을 가능하게 해주는 구렁들을 자신 안에 내포하고 있어야 하기 때문이다.

내가 나쁜 남자라거나 마들렌이 나쁜 여자라는 의미는 아니다. 그 검은 얼룩은 휴면 상태로 우리 내부에 있었다. 물론 나보다 마들렌의 경우가 더 그랬다. 그녀였다면 신전의 장사치들에게 버럭 화를 내지는 않았을 것이다. 그 대의가 정당한 것이었다 할지라도, 그 화는 얼마나 끔찍한 기억인지! 마치 독이 내 혈관에 퍼져 가면서 소리를 질러 사람들을 바깥으로 내쫓으라고 명령하는 느낌이 들었다. 난 그게 너무나 싫었다.

다행스럽게도 이 순간 나는 그에 비견할 만한 것을 전혀 느끼지 않는다. 피고석에 앉아 혐오스러운 증언들을 대했을 때도 화는 깨어나지 않았다. 분개는 그 가증스러운 고통을 불러오지는 않는 다른 성격의 불이다. 내가 경멸을 드러내지 않을 수 있었던 것은 그것이 화와는 반대로 폭발적인 성격을 띠지 않았기 때문이다.

예수야, 이런 식으로 해서 어떻게 잠을 이룰 수 있겠니. 넌 정말이지 의지 박약이구나!

나는 잠에서 깨어난다.

그러니까 내가 잠이 들긴 했던 모양이다. 이것은 은혜다. 나는 신에게 감사한다. 그런데 한편으로 이런 날 그에게 감사 인사를 하다니, 어떻게 이럴 수가 있을까 하는 생각이 든다. 그래도 내가 잠을 잤다는 건 사실이다.

나는 혈관 속에서 휴식의 부드러움이 흐르는 걸 느낀다. 이 쾌감을 느끼기 위해서는 몇 분간 깜빡 눈을 붙이는 것으로도 충분하다. 나는 그것이 마지막이라고 확신하며 그 쾌감을 맛본다.

나는 더 이상 잠에서 깨어나지 않을 것이다.

내가 이름을 알지 못하는 한 시인이 먼 훗날 이렇게 말할 것이다. 〈하루하루의 쾌감은 모두 아침나절에 있다.〉[7]

7 프랑스 시인 프랑수아 드 말레르브에게서 인용한 구절.

나도 같은 의견이다. 나는 아침을 사랑한다. 아침 시간대에는 팽팽한 힘이 있다. 전날 밤 아무리 안 좋은 일이 있었어도, 아침 특유의 순수성이 있다.

나 자신이 깨끗하다는 느낌이 든다. 실제로는 그렇지 못하지만. 오늘 아침 내 영혼은 맑다. 내가 어제 품었던 경멸은 이제 존재하지 않는다. 너무 빨리 기뻐하고 싶지는 않지만, 갑자기 내가 증오 없이 죽을 거라는 확신이 든다. 내가 틀리지 않기를 바란다.

감옥 한구석에서 마지막 소변을 보고 다시 누우려는데 기적이 일어난다. 비가 내린다.

이 계절에 비라니. 나는 비가 계속 내리기를 기대해 본다. 비가 계속 내리면 처형을 취소해야 할 것이다. 비가 내리면 군중이 흩어져 버릴 테니 십자가형은 실패로 끝나고 말 것이다. 로마인들은 군중이 보는 앞에서 죄수들을 처형하고 싶어 한다. 군중이 모이지 않으면 처형에 동의하지 않는다는 인상을 받는다. 그들이 보기에, 일반 백성은 구경거리를 원할 뿐 정치 같은 건 신경도 안 쓴다. 나쁜 날씨는 사정 따위는 무시한다. 하지만 로마는 귀가 밝아서 먼 곳의 소식도 다 듣는다. 군중이 모이지도 않았는데 죄수 셋을 십자가에 매단다면, 로마는 그것을 모욕으로 받아들일 것이다.

나는 빗방울이 굵어질 때 비를 피할 수 있는 곳에서 빗소리 듣는 걸 늘 좋아했다. 그것은 아주 경이로운 감각이다. 사람들은 좀 멍청하게도 그것을 평온과 연관시킨다. 사실, 그것은 쾌락의 상황이다. 빗소리에는 지붕이라는 울림 상자가 필요하다. 지붕 아래는 연주를 즐길 수 있는 최고의 장소다. 미묘하게 변화해 가는 감미로운 악보, 허풍 없는 광시곡인 모든 비는 축복을 닮았다.

비가 억수같이 퍼붓는다. 나는 다른 운명을 상상한다. 당국자들이 홍수를 피해 달아난다. 사람들이 나를 풀어준다. 나는 고향으로 돌아가 마들렌과 결혼한다. 우리는 평범한 사람들의 소박한 삶을 영위한다. 나는 솜씨가 변변찮아 목수 일을 그만두고 양치기가 된다. 우리는 양의 젖을 짜 치즈를 만든다. 매일 저녁, 아이들이 그것을 맛있게 먹고 식물처럼 무럭무럭 자란다. 우리는 행복하게 늙어 간다.

유혹을 느꼈냐고? 그렇다. 젊었을 때는 선택받은 것

이 기뻤다. 그런데 지금은 그런 허기가 없다. 그것은 채워졌다. 지금은 차라리 사람들이 범용이라고 잘못 명명하는 익명의 부드러움 속에 뒤섞이고 싶다. 평범한 삶보다 더 특별한 것은 없다. 나는 일상을 사랑한다. 일상의 반복은 낮과 밤의 찬란함을 더 깊이 느끼게 해준다. 화덕에서 막 꺼낸 빵을 먹고, 아직 이슬로 촉촉하게 젖은 땅을 맨발로 걷고, 가슴 가득 맑은 공기를 들이마시고, 사랑하는 여인 곁에 나란히 눕고…… 어떻게 다른 것을 바랄 수 있겠는가?

그 삶 역시 죽음으로 끝난다. 그렇지만 나는 죽음이 세월의 작품일 때는 많이 다를 거라고 가정한다. 가족들 곁에서 숨을 거두는 것은 잠드는 것과 비슷할 것이다. 내가 예정된 폭력을 모면할 수 있다면, 나는 그 이상 아무것도 요구하지 않을 것이다.

비가 그친다. 달콤한 상상이 끝난다.

모든 것이 이루어질 것이다.

〈받아들여라.〉 내 머릿속에서 친절한 목소리가 속삭인다.

아시아의 한 현자는 희망과 두려움은 같은 감정의 양

면이라고, 그래서 둘 다 포기해야 한다고 가르친다. 일리가 있다. 나는 헛되이 희망을 키웠는데, 지금은 내 공포가 커져 버렸다. 그러나 내가 목숨을 바쳐 전하게 될 말씀은 희망을 단죄하지 않을 것이다. 어쩌면 망상일지 모르지만, 내 안에 넘쳐흐르는 사랑에는 두려움이라는 반대급부가 없는 희망이 담겨 있다.

그래도 나는 그 끝없는 고통을 견뎌 내야만 하리라. 〈받아들여라.〉 나에게 선택의 여지가 있기라도 한가? 나는 고통을 덜기 위해 받아들인다.

마침내 그들이 날 데리러 온다.

나는 안도의 한숨을 내쉰다. 최악의 순간은 지나갔다. 나는 이제 형벌을 기다리지 않아도 된다.

나는 아주 빨리 환상에서 벗어난다. 이제, 거짓 꾸밈이 시작된다. 그들이 나에게 면류관을 씌우고, 내 머리에서 피가 흐르게 박아 넣는다. 아쉽게도 우스꽝스럽다고 해서 사람이 죽지는 않는다.

그들이 공개적으로 나에게 채찍질을 한다. 그 연극이 무슨 소용이 있는지 모르겠다. 사람들은 전채 요리라고 말할 것이다. 십자가형이라는 주 요리를 먹기 전 식욕을 돋우는 데는 채찍질만 한 것이 없다. 채찍이 휘감을 때마다 내 몸이 고통으로 경직된다. 내 머릿속에서 상냥한 목소리가 받아들이라고 반복해 말한다. 그 너머에서 거슬리는 목소리가 울려 퍼진다. 〈아직 더 데리고 놀고 싶은 모양이군.〉 나는 시건방지다고 여겨질 신경질적인 웃음을 억누른다. 내가 아주 오만하다고 알려지지 않은 게 아쉽다. 정말 재미있을 텐데.

나는 채찍이 날 고통으로 찢어 놓는다고 생각하는 것을 스스로 금한다. 앞으로 나에게 가해질 것은 훨씬 더 고통스러울 테니까. 이보다 더 큰 고통을 주는 방법이 존재하다니!

구경꾼들이 있지만 그리 많지는 않다. 그 연극은 엄선된 〈행복한 소수〉를 위한 것이다. 그 전문가들은 그 장면을 즐긴다. 그들은 배역이 아주 적절하다고 여기는 것 같다. 형리의 채찍질은 훌륭하고, 죄수는 고통을 드러내는 걸 창피해한다. 아주 고급스러운 취향의 연기다. 고맙소, 빌라도, 대접 후하기로 명성이 자자하더니 과연 그렇군요. 이어지는 잔치는 상스러울 게 뻔하니, 괜찮으시면, 우리 이만 실례하겠소이다.

이글거리는 태양이 바깥에서 나를 기다린다. 내가 그렇게 오랫동안 채찍질을 당했나? 이미 아침이 아니다. 내 눈은 몇 분이 지나고 나서야 그 밝은 광채에 적응한다. 갑자기, 사람들이 눈에 들어온다. 이번에는 군중이다. 사람들이 어찌나 많은지 누가 누구인지 구분이 되질 않는다. 그들에게는 단 하나의 눈길, 탐욕의 눈길밖에 없다. 그들은 처형을 처음부터 끝까지 구경하고 싶어 한다.

비는 대기에 선선함의 흔적조차 남겨 놓지 않았다. 반면에 땅바닥은 그 기억을 간직하고 있다. 그래서 한껏 질퍽거린다. 나는 벽에 기대어 놓은 십자가를 본다. 무게를 가늠해 본다. 내가 저걸 짊어질 수 있을까? 내가 그럴 수 있을까?

어리석은 질문. 내게는 선택의 여지가 없다. 할 수 있든 없든, 나는 해내야만 할 것이다.

그들이 나에게 십자가를 지운다. 너무 무거워서 쓰러질 것 같다. 충격 그 자체다. 빠져나갈 구멍은 없다. 내가 어떻게 버틸 수 있을까?

가능한 한 빨리 걷는 것, 그것이 유일한 해결책이다. 말이야 쉽지만, 다리가 후들거려 그럴 수가 없다. 한 걸음 한 걸음 내딛는 데 상상을 초월하는 노력이 필요하다. 나는 골고다 언덕까지 거리를 계산해 본다. 불가능하다. 나는 얼마 못 가 죽고 말 것이다. 그것은 희소식에 가깝다. 십자가에 매달리지는 않을 테니까.

하지만 나는 내가 십자가에 매달릴 거라는 것을 안다. 그러니 어떻게든 버텨야만 한다. 자, 아예 생각을 말자, 아무 소용 없으니. 그냥 앞으로 나아가자. 십자가를 더 무겁게 만드는 이 진창에 푹푹 빠지지만 않으면 좋으련만!

설상가상으로 사람들이 내 앞으로 꾸역꾸역 몰려든다. 터무니없는 비난들이 쏟아진다.

「어때, 이젠 허튼짓 못 하겠지?」

「네가 마술사라면 왜 빠져나가지 못하냐?」

그나마 다행스러운 건 그들을 경멸하지 않으려고 애쓸 필요가 없다는 점이다. 나는 그런 생각을 할 겨를이 없다. 내가 가진 모든 에너지가 십자가를 짊어지는 데 동원된다.

쓰러지지 말아야 한다. 그것은 금지되었다. 게다가 쓰러지면 다시 일어서야 할 것이다. 그것은 더 고통스러울 것이다. 그렇다, 그것은 더 고통스러울 수 있다. 쓰러지지 마라, 제발, 부탁이다.

곧 쓰러질 것만 같다. 몇 초나 견딜까. 나도 어쩔 수 없다. 한계가 있다. 그 한계가 도달하는 중이다. 드디어, 나는 쓰러진다. 십자가가 나를 덮치고, 내 코가 진창에 처박힌다. 적어도 나는 잠시 해방된다. 나는 그 이상한 자유를 음미하고, 나의 허약이 주는 쾌락을 맛본다. 물론 즉시 몰매가 쏟아진다. 그런데 거의 느껴지지 않는다. 그만큼 곳곳이 아프다.

자, 이제 나는 그 어마어마한 무게를 다시 들어 올린다. 나는 어떤 고통이 기다리는지 잘 알면서도 비틀거리며 다시 일어선다. 마태오의 복음서 11장 30절, 〈내 멍에는 편하고 내 짐은 가볍다.〉 나한테는 그렇지가 않아, 친구들. 그 좋은 말씀은 나에게는 해당이 되지 않는다. 물론 나도 그것을 알고 있었다. 하지만 그것을 실제로 겪는 것은 다르다. 나의 전(全) 존재가 이의를 제기한다. 나를 계속 나아가게 해주는 것은 내가 껍질의 그것과 동일시하는 목소리, 나에게 끊임없이 〈받아들여라〉라고 속삭이는 그 목소리다.

나는 바닥까지 내려갔다고 믿었다. 그런데 저기, 엄마

가 있다. 안 돼. 날 쳐다보지 마세요, 제발. 맙소사, 난 날 보고 있는 당신을, 무슨 일이 벌어지는지 깨닫는 당신을 보고 있어요. 당신은 겁에 질려 두 눈을 휘둥그레 뜨고 있어요. 그건 연민을 넘어섰고, 당신은 내가 겪는 것을 나 이상으로 겪고 있어요. 자식이 이런 일을 겪을 때는 늘 그러니까요. 어머니보다 먼저 죽는 것은 자연에 반하는 일이다. 게다가 어머니가 처형을 지켜보기까지 한다면, 잔인함의 극치가 될 것이다.

그것은 아름다운 마지막 순간이 아니다. 그것은 최악의 순간이다. 그런데 엄마에게 보지 말고 가라고 말할 힘이 없다. 나에게 그럴 힘이 있다 하더라도, 엄마가 내 말을 듣지는 않을 테지만. 엄마, 사랑해요, 엄마의 아들이 개처럼 고통스러워하는 것을 쳐다보지 마세요, 내가 겪는 것을 차라리 몰랐으면. 아, 당신이 기절이라도 해버렸으면 좋겠어요, 엄마!

내 기도를 절대 들어주지 않는 아버지한테는 나에게 ─ 뭐랄까, 연대는 아니고 연민은 더욱 아닌, 당장 다른 낱말이 떠오르지 않으니 그의 존재라고 하자 ─ 자신의 존재를 드러내는 묘한 방식이 있다. 로마인들은 내가 살아서 골고다 언덕에 도착하지 못하리라는 걸 깨닫기 시작한다. 그것은 그들에게 참담한 실패가 될 것이다. 죽은 자를 뭐 하러 십자가에 매달겠는가? 그래서 그들은 밭에서 돌아오던 사내, 마침 그곳을 지나던 거구의 사내를 부른다.

「너는 징용되었다. 이 죄수가 십자가 지는 걸 도와주어라.」

비록 명령을 받고 돕긴 했으나, 그 사내는 하나의 기적이다. 그는 이것저것 따지지 않는다. 너무 무거운 십자가를 지고 비틀거리는 낯선 이를 보자 즉시 달려든다. 그가 나를 돕는다.

나를 돕다니!

이런 일은 내 평생 단 한 번도 없었다. 그래서 나는 그게 어떤 것인지 알지 못했다. 누군가가 나를 돕는다. 무엇이 그를 나서게 했는지는 중요하지 않다.

고마워서 눈물이 쏟아질 것 같다. 그들을 위해 희생한 나를 조롱해 대는 그 비열한 인간들과 같은 종족이지만, 처형을 구경하러 나온 것도 아닌 그 사내는 성심을 다해 나를 돕는다. 그게 느껴진다.

그가 길을 내려오다가 우연히 십자가를 지고 비틀거리는 나를 봤다 하더라도 그는 똑같이 행동했을 거라고 나는 생각한다. 잠시도 머뭇거리지 않고 달려와서 나를 도왔을 것이다. 이런 사람들이 있다. 그들은 그들 자신이 얼마나 드문 사람들인지 모른다. 누가 키레네 사람 시몬에게 왜 그런 식으로 행동하느냐고 묻는다면, 그는 그 질문을 이해하지 못할 것이다. 그는 다른 식으로 행동할 수도 있다는 사실을 알지 못한다.

내 아버지는 아주 묘한 종을 창조하셨다. 의견이라는 걸 가진 개자식들과 생각을 하지 않는 너그러운 영혼들로 구성된 종을. 내 처지가 처지인 만큼 나 역시 생각을 하지 않는다. 나는 시몬을 통해 나에게도 친구가 있다는 사실을 발견한다. 나는 늘 튼튼한 사람들을 좋아했다. 그들은 결코 문제를 일으키지 않는다. 갑자기 십자가가 전혀 무겁지 않게 느껴진다.

「내 몫은 내가 지게 해주시오.」내가 그에게 말한다.

「솔직히, 나한테 그냥 맡겨 두는 게 더 편합니다.」그가 대답한다.

나도 그러고 싶은 마음이 간절하다. 하지만 로마인들이 허락하지 않는다. 착한 시몬이 그들에게 자신의 관점을 설명하려고 애쓴다.

「무겁지 않아요, 이 십자가. 이 죄수 때문에 오히려 더 불편해요.」

「죄수는 자기 짐을 져야만 해.」 병사 하나가 소리를 지른다.

「이해할 수가 없네요. 저더러 저 사람을 도우라면서요, 아니에요?」

「정말 짜증 나게 하는군. 썩 꺼져!」

당황한 시몬이 마치 자신이 일을 망치기라도 한 것처럼 나를 쳐다본다. 내가 그에게 웃어 준다. 사실이라고 하기에는 너무나 아름다운 순간이었다.

「고마워요.」 내가 그에게 말한다.

「내가 고맙죠.」 그가 묘한 대답을 한다.

그가 맥이 풀린 표정을 짓는다.

그에게 인사나 하고 있을 시간이 없다. 그 천근만근을 질질 끌며 계속 앞으로 나아가야 한다. 그러다 나는 전혀 예상하지 못했던 사실을 확인한다. 세상에, 십자가가 덜 무겁다. 여전히 끔찍할 정도로 무겁지만, 시몬이 끼어들어서 뭔가를 바꿔 놓았다. 마치 그 친구가 내 짐의 가장 비인간적인 부분을 가져가 버린 것만 같다.

이 기적은 — 이것도 하나의 기적이다 — 전혀 나로 인한 것이 아니다. 성경을 통틀어 이보다 더 놀라운 마술이 있으면 찾아와 보라. 아마 아무리 찾아봐도 없을 것이다.

숨이 턱턱 막힐 정도로 덥다. 눈썹으로는 감당이 안 된다. 이마에서 흘러내린 땀이 자꾸 눈을 가려 내가 어디로 가는지 보이지 않는다. 로마인들이 채찍질로 나를 인도한다. 그것은 아프기만 할 뿐 아무런 도움도 되지 않는다. 나는 인간이 그토록 많은 땀을 흘릴 수 있는지 알지 못했다. 어떻게 내 안에 그렇게 많은 물과 소금이 있을 수 있을까?

그런데 손수건 하나가 나를 해방한다. 부드럽고 감미롭기만 한 천이 비단결처럼 내 얼굴을 어루만진다. 도대체 누가 그런 몸짓을 할 수 있을까? 키레네 사람 시몬만큼이나 선한 사람일 것이다. 하지만 그 우락부락한 사내가 이처럼 섬세하게 내 얼굴을 닦아 주지는 못할 텐데.

나는 그것이 멈추지 않기를 바라는 동시에 그 은인이 누군지 보고 싶다. 손수건이 걷히고, 내 앞에 지상에서 가장 아리따운 여인이 모습을 드러낸다. 그녀도 나만큼이나 큰 충격에 사로잡힌 것 같다.

순간이 정지된다. 더는 시간이 존재하지 않고, 나는 내가 누군지도, 내가 이곳에 무엇을 하러 왔는지도 알지 못한다. 그런 건 아무래도 상관없다. 나를 바라보는 크고 맑은 두 눈이 있고, 나에게는 이제 과거도 미래도 없다. 세상은 완벽하다. 제발 아무것도 움직이지 말기를. 우리는 형언할 수 없는 것의 임박 속에 있다. 이것이 바로 벼락같은 사랑이다. 뭔가 어마어마한 일이 일어날 것이다. 우리의 욕망에는 그에 딱 들어맞는 음악이 결핍되어 있다. 하지만 이번에야말로 마침내 그것을 듣게 될 것이다.

「전 베로니카라고 해요.」그녀가 말한다.

아, 낯선 이의 목소리가 그토록 아름다울 수 있다니!

채찍질이 나를 다시 현실로 소환한다. 십자가가 천근만근인 내 몸을 다시 짓누르고, 지옥이 다시 시작된다.

내가 형벌을 받기 시작한 이후로, 모든 것이, 최악과

최선이 나에게 몰아닥친다. 나는 우정을 만났고, 그리고 사랑을 만났다. 놀라지 않을 수 없는 일이다. 베로니카, 그녀는 누구일까? 음악 같은 그녀의 목소리가 아직도 내 귓속에서 울려 퍼진다. 그리고 나는 하나의 선율이 우주를 가볍게 만들 수도 있다는 사실을, 생기 가득한 하나의 얼굴이 고문 도구를 짊어질 힘을 줄 수도 있다는 사실을 깨닫는다.

이 지상에는 키레네 사람 시몬과 베로니카가 있다. 유례없는 숭고함을 지닌 두 용자(勇者)가.

나는 현실로 돌아온다. 나는 싸운다. 나는 과연 어떤 에너지로 또다시 쓰러지는 걸 피할 수 있을까? 내 두뇌 일부가 내가 언제 다시 쓰러질지를 계산한다. 내 두 눈이 그 일이 나에게 닥칠 곳을 본다. 나는 나 자신과 협상을 벌인다. 〈딱 한 걸음만 더…… 딱 반걸음만 더…….〉

쓰러져 잠시 얻는 휴식은 부질없다. 그래도 나는 또다시 쓰러져 얻는 휴식을 음미한다. 끈을 놓아 버리는 것, 중력의 법칙에 자신을 내맡기는 건 얼마나 달콤한지! 곧바로 채찍이 우박처럼 쏟아진다. 부드러운 감각은 단 1초밖에 지속되지 않겠지만, 나의 처지로 볼 때 그 1초

1초가 소중하다.

벌써 몇 시간째 십자가를 지고 가는 듯한 느낌이 든다. 물론 그럴 리가 없다. 과거의 내 삶이 잘 떠오르지 않는다. 고난의 길에 든 이후로, 나는 한 남자와 한 여자를 만나 황홀을 맛보았다. 그리고 내 어머니도 다시 보았다. 사람들은 내가 여자들을 더 좋아한다고 떠들어 댔다. 어느 한쪽 성별을 편애하는 건, 내 생각에는, 경멸의 표시에 지나지 않는다.

예루살렘의 처녀들이 눈물을 흘리며 내 주위로 모여든다. 나는 그들을 설득해 울음을 그치게 하려고 애쓴다.
「자, 자, 울지들 말아요. 이건 거쳐 가기 힘든 순간에 지나지 않아요. 괜찮아질 겁니다.」

나는 내가 하는 말을 단 한 자도 믿지 않는다. 괜찮아지지 않고 점점 더 나빠질 것이다. 그들의 통곡 때문에 숨 쉬기가 힘들어서 하는 말일 뿐이다. 누군가를 도와주려면 어떻게 해야 할까? 그 사람 앞에서 우는 건 전혀 도움이 되지 않는다. 시몬이 나를 도왔고, 베로니카도 나를 도왔다. 그 둘은 울지 않았다. 그들은 보란 듯이 환한

미소를 짓지도 않았다. 그들은 실질적으로 도움이 되는 행동을 했다.

아니, 나는 여자를 더 좋아하지는 않는다. 여자들이 나를 싸고 도는 것 같기는 하다. 아마 그들을 대하는 내 태도가 이곳 남자들과는 달리 아주 부드럽기 때문일 것이다.

내가 남자를 더 좋아하지도 않는다는 걸 명백히 밝혀야 할까? 〈더 좋아하다〉나 〈대체하다〉처럼 내가 사용을 피하는 동사들이 있다. 사람들은 이 두 동사가 얼마나 똑같은지 상상하지 못한다. 나는 사람들이 총애를 받기 위해 싸우는 것을 자주 보았다. 그들은 그것이 그들을 대체할 수 있는 존재로 만든다는 사실을 모르고 있었다.

언젠가 사람들은 대체할 수 없는 존재는 없다고 주장할 것이다. 그것은 내 말과는 정반대다. 나를 소진하는 사랑은 대체될 수 있는 사람은 아무도 없다고 단언한다. 내가 받는 형벌이 아무 쓸모가 없으리라는 것을 미리 아는 건 끔찍한 일이다.

하지만 절대적으로 그런 것은 아니다. 내 사랑을 이해한 몇몇 개인이 나타날 테니까. 굳이 내 희생이 없어도 그렇지 않을까? 나는 그것도 배제하지 않는다. 하지만 나는 결코 알 수 없을 것이다. 그에 대해서는 회한을 품지 않는 편이 낫다. 그 회한이 내 운명을 더 끔찍한 것으로 만들어 놓을 테니까.

십자가를 끌면서 참 이상한 생각도 다 한다. 이것들을 생각이라 부르는 것은 과장이다. 이건 조각들, 합선 때문에 튀는 불꽃들이다. 내가 짊어진 것이 감당할 수 없을 정도로 무겁다. 나 자신이 이렇게 초라하게 느껴진 적이 없었다.

유감스럽게도 나는 미처 알지 못했다. 지나치게 무거운 짐을 짊어지지 않는 것도 충분히 이상적인 삶이다. 훌륭한 교훈이긴 해도, 나에게는 아무 쓸모가 없을 것이다. 아무것도 아닌 것에 행복해하는 나 자신을 축복하며 며칠 동안 종일 길을 걸었던 기억이 난다. 당시 나는 아무것도 아닌 것에 행복했던 게 아니었다. 나는 가벼움을 즐기고 있었다.

세 번째 쓰러진다. 먼지를 씹는다[8]는 게 이런 것인 모

8 *mordre la poussière*. 땅바닥에 쓰러져 먼지를 씹으며 처절한 패배를 맛본다는 뜻의 관용적인 표현.

양이다. 땅바닥은 더는 질척이지 않는다. 태양이 대지를 바짝 말려 놓았다. 멀리, 골고다 언덕 꼭대기가 보인다. 나는 왜 그곳에 어서 도착하려고 서두를까? 지금 이렇게 십자가에 짓눌리는 것보다 그 위에 매달릴 때 더 큰 고통을 겪게 되리라는 게 믿어지질 않는다.

그것은 공통된 경험이다. 사람들은 보통 산을 오를 때 아래에서 올려다보게 되는데, 그렇게 보면 산이 그리 높아 보이지 않는다. 산꼭대기까지 끙끙대고 올라가 봐야 그 산이 얼마나 높은지 깨닫게 된다. 골고다는 한낱 언덕에 지나지 않지만, 나는 그곳을 끝내 오르지 못할 것만 같다.

어떻게 했는지는 모르겠지만 내가 다시 일어서 있다. 기진맥진한 상태다 보니 모든 것이 노력이고, 아프지 않은 곳이 없다. 그래도 혼절하지 않는 걸 보니 내가 튼튼하기는 한 모양이다. 마지막 몇 걸음이 가장 힘들다. 나는 시련을 견뎌 낸 자가 맛보는 기쁨조차 느낄 수 없다. 거기서 또 다른 성격의 시련이 시작되리라는 걸 나는 알고 있다.

그들이 곧 가장 간단한 방식으로 나에게 그것을 알려

준다. 다시 말해, 그들이 내 옷을 벗긴다. 아마(亞麻) 천으로 된 튜닉과 허리띠에 불과하지만, 나는 그 누더기의 가치를 마침내 깨닫는다.

옷을 입고 있는 한, 우리는 누군가이다. 나는 이제 아무도 아니다. 나는 이제 아무것도 아니다. 내 머릿속에서 작은 목소리가 속삭인다. 〈그래도 속옷은 남겨 줬잖아. 상황이 더 나빠질 수도 있어.〉인간 조건 전체는 이렇게 요약된다. 상황이 더 나빠질 수도 있다고.

나는 이미 십자가에 못 박혀 있는 두 사람을 감히 쳐다보지 못한다. 그럼으로써 나는 내가 십자가를 지고 오면서 겪은 고통, 다시 말해 타인의 구경거리가 되는 고통을 그들에게서 덜어 준다.

둘 중 하나가 빈정거리는 투로 말한다.

「네가 진정 신의 아들이라면, 널 여기서 꺼내 달라고 네 아버지한테 부탁해 보지 그래.」

저 지경에 처해 있으면서도 저렇게 빈정댈 수 있다니, 솔직히 나는 그가 감탄스럽다.

다른 하나가 그에게 말한다.

「입 닥쳐, 우리처럼 십자가에 매달릴 죄를 지은 분이

아니니.」

저 큰 고통을 겪으면서도 선뜻 나서서 나를 옹호해 주다니, 감동이 밀려온다. 나는 그에게 고맙다는 인사를 한다.

아니, 나는 그에게 그가 구원을 받았다고 말하지 않았다. 저런 참혹한 형벌을 겪고 있는 사람에게 그런 말을 하는 건 세상을 비웃는 것이나 마찬가지다. 십자가에 못 박힌 둘 중 한 사람에게 〈너는 구원을 얻었다〉고 말한다면, 그것은 파렴치와 옹졸함의 극치가 될 것이다.

나는 이 점을 분명히 밝힌다. 복음서에는 이렇게 기록되지 않을 테니까. 왜냐고? 그 이유는 나도 모르겠다. 그 일이 일어났을 때, 복음서를 쓴 사람들은 내 곁에 있지 않았다. 그들이 무슨 말을 할 수 있었든, 그들은 나를 알지 못했다. 그들을 탓하고 싶지는 않다. 하지만 당신을 사랑한다는 것을 구실 삼아 당신을 속속들이 안다고 주장하는 사람들보다 더 짜증스러운 것은 없다.

곧 그들과 같은 형벌을 겪게 될 거라는 단순한 이유로 인해 나는 그 두 사람에 대해 형제애 비슷한 것을 느낀다. 먼 훗날, 선한 도둑이라고 칭해질 사람에게 내가 보

였을 수도 있는 태도를 암시하기 위해 사람들은 〈적극
적 우대 조치〉[9]라는 표현을 만들어 낼 것이다. 그 문제
에 관해 나는 별다른 의견이 없다. 내가 아는 건 그 두
사람이 각자의 방식대로 내 마음을 움직였다는 것뿐이
다. 나는 선한 도둑의 말을 듣고 감동했지만, 나쁜 도둑
의 자존심 역시 사랑했으니까. 게다가 그는 그리 나쁜
사람도 아니다. 빵을 훔치는 게 그토록 심각한 죄인지
모르겠다. 그런 상황에서 죄를 뉘우치지 않은 것도 이해
가 된다.

9 차별받는 사람들, 억울한 일을 당한 사람들을 적극적으로 우대해 주
는 조치.

그 순간이 왔다. 나는 십자가 위에 눕는다. 이제부터는 내가 짊어졌던 것이 나를 짊어질 것이다. 나는 내 옆에 못과 망치들이 놓이는 것을 본다. 숨이 턱턱 막힌다. 그 정도로 겁이 난다. 그들이 내 발과 손에 못을 박는다. 어찌나 순식간에 해치우는지 내가 알아차릴 새도 없이 끝나 버린다. 그런 다음 그들이 내 형제들의 십자가 사이에 내 십자가를 세운다.

바로 거기서 나는 믿을 수 없는 고통을 발견한다. 손바닥에 못이 박히는 것은 거기 매달리는 것에 비교하면 아무것도 아니다. 손에 대해 사실인 것은 발에 대해서는 천 배로 배가된다. 무엇보다도 움직이지 않는 게 중요하

다. 조금이라도 움직이면 안 그래도 견딜 수 없는 고통
이 열 배로 커진다.

나는 서서히 익숙해질 거라고, 신경이 그런 끔찍함을
오래 느낄 수는 없을 거라고 속으로 되뇐다. 하지만 곧
신경이 능히 그럴 수 있다는 것을, 아주 강한 것에서 아
주 미미한 것까지 모든 변화를 샅샅이 감지한다는 것을
깨닫는다.

그런데도 십자가를 지고 오면서 삶의 목표가 무거운
짐을 지지 않는 데 있다고 생각했다니! 삶의 의미는 고
통을 겪지 않는 데 있다. 바로 그거다.

여기서 벗어날 방도가 없다. 나의 모든 것이 고통에 집
중되어 있다. 어떠한 생각도, 어떠한 기억도 나를 해방
할 수 없다.

나는 나를 바라보는 사람들을 바라본다. 〈십자가에
매달려 보니까 어때? 너한테 어떤 일이 일어나?〉 연민
으로 가득하든 잔인하기 짝이 없든, 그 수많은 눈에서
내가 읽는 건 바로 이것이다. 그들에게 대답해야만 한다
면, 나는 낱말을 찾아내지 못할 것이다.

나는 잔인한 사람들을 원망하지 않는다. 우선은 고통

이 내 모든 능력을 독점하고 있기 때문이고, 다음으로는 내 고통이 누군가에게 즐거움을 줄 수 있다면 그게 차라리 낫기 때문이다.

저기, 마들렌이 있다. 어머니를 볼 때는 마음이 편치 않았지만, 사랑하는 여인을 보니 울컥하는 심정이 든다. 그녀는 너무나 아름다워서 연민도 그녀를 흉하게 만들지 못한다. 상황에 걸맞은 비명을 상상할 수 없어 입은 다물고 있지만, 영혼이 울부짖을 정도로 나는 고통스럽다.

내 영혼의 울부짖음이 마들렌을 파고든다. 이것은 은유가 아니다. 고통이 지나치게 크기 때문일까, 아니면 죽음이 다가오기 때문일까? 나는 마들렌의 사랑을 광선의 형태로 본다. 광선이라는 말이 정확하게 맞아떨어지는 건 아니다. 그것은 더 섬세한 동시에 더 둥글고, 더 구심적이다. 그것은 그녀에게서 뿜어져 나오고 내가 받아들이는 빛의 파동이다. 내가 그녀에게 보내는 것이 고통스러운 만큼, 그것은 부드럽다.

나는 내 영혼의 울부짖음을 본다. 아니 그보다는 내 영혼을, 사랑으로 가득한 마들렌의 영혼과 합류해 그것에 섞여 드는 격렬한 흐름의 형태로 본다. 나는 그것을 통해 고통의 완화는 아니더라도 아주 신비스러운 기쁨을 맛본다.

내가 비장의 카드로 간직했던 갈증이 떠오른다. 비장의 카드, 그것은 탁월한 생각이었다. 목구멍이 타는 것 같은 극도의 고통이 갈가리 찢긴 내 육신의 참담함에서 나를 벗어나게 해준다. 이 변화에 구체적인 구원이 있다.

나를 마들렌과 이어 주는 파동은 기울어 있다. 그 기울어짐은 우뚝 솟은 내 자세보다는 그녀가 내뿜는 푸른 빛의 성격에서 기인한다. 내 사랑 마들렌과 나는 우리 둘만 알 수 있는 것을 향유하며 남모르게 기뻐한다.

우리 둘만이라 함은 내 아버지가 그것을 알지 못한다는 뜻이다. 그에게는 육신이 없다. 그 순간 마들렌과 내가 경험하는 절대적인 사랑은 음악이 악기에서 분출되듯 육신에서 솟아난다. 그토록 강력한 진실들은 오로지 갈증을 겪거나, 사랑을 느끼거나, 죽어 갈 때만 깨우치게 된다. 그런데 이 세 활동 모두 육신을 필요로 한다. 물론 영혼도 반드시 있어야 하지만, 그것만으로는 어떤 경우에도 충분할 수 없다.

생각해 보면 좀 우습기도 할 것 같다. 하지만 나는 감히 웃을 수가 없다. 고통의 경련이 날 뒤흔들어 놓을 테니까. 내가 죽어야만 한다면, 이러한 방식으로 죽어서는 안 되었다. 나는 내 죽음을 망칠까 봐 소름 끼치게 두렵다. 진정 이 위대한 순간을 그르칠 수도 있을 것이다. 그만큼 나는 고통스럽다.

이 십자가형은 아주 큰 실수다. 아버지의 계획은 사랑의 힘으로 어디까지 갈 수 있는지를 보여 주는 데에 있었다. 이 생각이 어리석기만 하다면 그냥 쓸데없는 것으로 남을 수도 있을 것이다. 그런데 아뿔싸, 이것은 끔찍할 정도로 해롭다. 수많은 사람이 나의 어리석은 선례 때문에 열을 지어 순교를 택할 것이다. 그뿐이라면 얼마나 다행이겠는가! 지혜롭게 소박한 삶을 선택하는 사람들조차 이것에 감염될 것이다. 아버지가 내게 강요한 것이 육신에 대한 너무나 큰 멸시를 보여 줘서 이것에서 뭔가가 계속 남을 것이기 때문이다.

아버지, 당신이 창조한 것이 당신을 넘어섰습니다. 당신의 창조적 천재성을 증명하는 이 진단을 당신은 자랑스러워할 수도 있을 겁니다. 그런데 그러기는커녕 모범적인 사랑의 가르침을 준다는 명목으로 상상할 수 있는 것 중에 가장 가증스럽고, 가장 중대한 결과를 가져올 처벌을 당신은 연출하고 계십니다.

그래도 시작은 좋았죠. 튼튼하게 체현된 아들을 낳는 것, 그건 좋은 이야기였습니다. 당신은 거기서 많은 것을 배울 수도 있었을 겁니다. 당신을 벗어나는 것을 흔쾌히 이해해 줄 마음만 있었다면 말이죠. 당신은 하느님입니다. 당신에게 자존심이 어떤 의미를 가질 수 있지요? 정말 자존심이 문제인가요? 자존심은 나쁘지 않습니다. 아뇨, 전 거기서 우스꽝스러운 기질, 즉 과민함을 봅니다.

그래요, 당신은 과민합니다. 말해 볼까요? 당신은 다른 신들을 참아 내지 못할 겁니다. 지구 반대편에 살든, 바로 옆집에 살든 인간들이 다양한 방식으로 자기들의 신을 섬기는 것에 격분하실 겁니다. 그들이 가끔 인간을 제물로 바치는 걸 아버지는 야만스럽다고 하실 겁니다!

아버지, 왜 그렇게 옹졸하게 구세요? 제가 신성을 모독한다고요? 그래요. 그러니 저를 벌해 주세요. 저에게 이보다 더한 벌을 주실 수 있나요?

그러실 수 있군요. 제 고통이 천 배는 더 커졌어요. 도대체 왜 이러시죠? 저는 당신을 비판하는 겁니다. 제가 언제 당신을 사랑하지 않는다고 했나요? 전 당신을 원망합니다. 당신에게 화가 나 있습니다. 사랑은 이런 감정들을 허락하죠. 당신이 사랑에 대해 뭘 아시죠?

바로 그것이 문제입니다. 당신은 사랑이 뭔지 모릅니다. 사랑은 하나의 이야기예요. 사랑을 이야기하려면 몸이 필요하죠. 제가 방금 말한 것은 당신에게는 아무 의미도 없습니다. 자신이 얼마나 무지한지 당신이 의식하기만이라도 한다면!

고통이 얼마나 무지막지한지 어서 죽었으면 싶다. 하지만 불행하게도 아직 한참 멀었다는 걸 나는 안다. 생명의 불꽃이 아직 가물거리지 않는다. 무엇보다, 움직이지 말아야 한다. 조금만 움직여도 상상 이상의 고통이 몰려온다. 화가 났을 때 끔찍한 건 몸을 움찔거리게 된다는 데에 있다. 화가 난 사람들은 움직이지 않고 가만히 있을 수가 없다.

받아들이게, 친구. 그렇다, 내가 나에게 하는 말이다. 자기 자신에게 우정을 느끼는 것, 필요한 건 바로 그것이다. 사랑을 느끼는 건 그리 기분 좋은 일이 아닐 수도 있다. 사랑은 지나침을 불러온다. 그것을 자신에게 과하는 것은 건전하지 못한 일이 될 것이다. 증오도 마찬가지인데, 그것은 불공정하기까지 하다. 나는 내 친구다. 나는 나라는 인간에 대해 애정을 품고 있다.

받아들여라, 받아들일 만해서가 아니라, 그렇게 해야 고통이 줄어들 테니까. 유용하다면 받아들이지 않는 것도 괜찮다. 하지만 지금 이 지경에서 받아들이지 않는 것이 무슨 소용이 있겠는가.

게다가 지금 너는 연승식 경마에서 세 마리를 모두 맞춘 것 아닌가? 가장 극단적인 세 가지 상황, 너는 그것들을 갈증, 사랑, 죽음으로 요약했지. 너는 그 세 가지가 교차하는 지점에 있어. 그러니 그것들을 이용하게, 친구. 〈이용하다〉라는 동사가 천박하긴 하지. 그렇다고 〈즐기라〉고 말할 순 없지 않겠나. 나 자신을 조롱하는 것처럼 보일 테니까.

사실은 이렇다. 나는 십자가에 매달리는 중대한 경험을 하고 있다. 나는 이 고통을 떼어 놓을 수가 없다. 그래서 그것을 피하지는 못해도 적어도 비켜 가기 위해 갈증 속으로 뛰어든다.

아, 이 얼마나 어마어마한 갈증인가! 이것은 변화의 걸작이다. 내 혀가 경석(輕石)으로 변했다. 그것을 입천장에 대고 비벼 보니 까끌까끌하다. 갈증을 탐구하게나, 친구. 그 갈증은 하나의 여행이야, 너를 샘터로 이끌 여행, 아, 얼마나 아름다운가, 들리나, 그래, 아주 아름다운 노래야, 귀를 기울여야 해, 들을 만한 가치가 있는 음악들이 있으니까, 이 부드러운 속삭임이 나의 가장 깊은 곳까지 즐겁게 해줘, 입에서 돌의 맛이 느껴져. 너무나 가난해서 〈마시다〉와 〈먹다〉가 극도로 아껴서 쓰는 하나의 동사인 나라가 있을 거야, 마시는 것은 어느 정도 액체로 된 조약돌들을 먹는 것과 같아, 아니, 그것은 거기서 물이 배어 나올 때만 맞는 말이야, 내 여행에서 물은 배어 나오지 않고 솟아나지, 나는 누워서 그것에 입을 갖다 대, 물은 선택된 샘이 사랑하듯 나를 사랑해 줘, 사랑하는 이여, 나를 한없이 마시게, 네 갈증이 널 가득 채워 주기를, 그것이 절대 해소되지 않기를. 그것을 지칭하는 낱말은 어떠한 언어에도 존재하지 않으니까.

갈증이 사랑으로 이르는 것에 어떻게 놀랄 수 있단 말

인가? 사랑하는 것, 그것은 언제나 누군가와 함께 마시는 것으로 시작된다. 아마 갈증만큼 실망을 안겨 주는 경우가 드문 감각은 없기 때문일 것이다. 타는 듯한 목구멍은 물을 황홀경으로 상상하고, 오아시스는 사막을 가로질러야 도달할 수 있다. 사막을 건넌 후에 물을 마시는 사람은 절대 〈에게, 별것 아니네〉라고 말하지 않는다. 사랑하게 될 여자에게 마실 것을 제공하는 일은 두 사람이 맛보게 될 희열이 적어도 기대하는 만큼은 될 거라고 암시하는 것과 같다.

나는 가뭄의 나라에 강림했다. 나는 갈증이 지배할 뿐 아니라 더위가 맹위를 떨치는 곳에서 태어나야만 했다.

내가 추위를 조금이라도 경험해 봤다면, 그것은 상황을 왜곡시켰을 것이다. 추위는 갈증을 잠재울 뿐 아니라 부수적인 감각들을 위축시킨다. 추운 사람은 오로지 추울 뿐이다. 더위 죽을 지경인 사람은 동시에 다른 수많은 것들 때문에도 고통을 겪을 수 있다.

나는 아직 생생하게 살아 있다. 온몸에서 땀이 흐른다. 이 모든 액체는 도대체 어디서 오는 걸까? 내 피가 순환한다. 그것이 상처들을 통해 흘러나오고, 고통이 극에 달한다. 어찌나 고통스러운지 내 살갗의 지형이 달라진다. 이제는 나라는 존재의 가장 예민한 부위가 어깨와 팔에 있는 것 같은 느낌이 든다. 이 자세는 도저히 참을 수가 없다. 인간 존재가 어느 날 같은 인간 존재를 십자가에 매달 생각을 해냈다. 그걸 미리 염두에 뒀어야 했는데. 내 아버지의 실패는 바로 이 사실에 있다. 그의 피조물이 그처럼 잔인한 형벌들을 발명해 냈다는 사실에.

네 이웃을 너 자신처럼 사랑하라. 숭고한 가르침이지

만, 나는 지금 몸소 그 반대를 가르치고 있다. 나는 극악무도하고, 굴욕적이며, 외설적이고, 도무지 끝나지 않는 사형 집행을 받아들이고 있다. 이런 것을 받아들이는 자는 자기 자신을 사랑하지 않는다.

나는 일이 이렇게 된 게 아버지의 실수 때문이라고 주장할 수도 있다. 사실, 아버지의 계획은 순수하고 단순한 실수에 속했다. 하지만 나는, 나는 어떻게 그 정도로 잘못 생각할 수 있었을까? 나는 왜 십자가에 매달리고 나서야 그것을 깨달았을까? 물론 실수가 아닐까 의심하긴 했지만, 이 계획을 거부할 정도는 아니었다.

내 뇌리에 떠오르는 변명은 내가 누구라도 그렇게 했을 것처럼 했다는 사실이다. 말하자면 나는 그 결과에 대해 진지하게 생각해 보지 않고 그냥 하루하루를 살았다. 나는 내가 한 인간에 지나지 않았다는 해석이 마음이 든다. 그랬다면 얼마나 좋았을까!

하지만 아뿔싸, 나는 얼굴을 가려 진실을 외면할 수는 없다. 아버지에 대한 복종보다 안 좋은, 다른 무엇보다 안 좋은 뭔가가 있었다. 내가 조금 전에 나에게 부여한 우정은 너무 늦게 왔다. 내가 명명조차 할 수 없는 이 고통을 받아들인 것은 단지 나는 몰랐다, 따라서 나는 결백하다고 주장하기 위해서가 아니다. 내 안에도 흔하디흔한 독, 나 자신에 대한 증오가 있기 때문이다.

내가 어떻게 그런 증오에 걸려들 수 있었을까? 기억을 더듬어 보려고 애쓴다. 나는 내가 무엇에 바쳐졌는지 안 순간부터 나 자신을 증오했다. 하지만 나는 기억 이전의 기억들, 내가 나를 〈나〉라고 칭하지 않았던 시절, 의식이 나에게 도달하지 않았던 시절, 나 자신을 증오하지 않았던 시절의 기억 조각들을 떠올린다.

나는 죄 없이 태어났다. 그런데 어느 순간 뭔가가 망가졌다. 어떻게? 그건 나도 모른다. 그에 대해 나는 나 외에 아무도 비난하지 않는다. 우리가 세 살 즈음에 저지르는 그 잘못은 참 이상한 것이다. 그것 때문에 자신을 탓하면 자신에 대한 증오만 깊어진다. 이 또한 부조리하다. 창조에는 형식상의 하자가 있다.

또한, 나는 누구나 그러듯 내 실패를 아버지의 책임으로 돌린다. 그게 날 짜증 나게 한다. 고통이여, 저주받기를! 고통이 없어도 우리는 늘 죄인을 찾으려 들까?

마지막 시간의 일꾼인 나는 마침내 내 친구가 되려고 애쓴다. 나를 이토록 나쁜 길로 인도한 나 자신을 용서해야만 한다. 가장 어려운 것은 내가 무지했다고 나 자신을 설득하는 일이다. 나는 정말 몰랐을까?

내면의 목소리가 알고 있었다고 나에게 단언한다. 그렇다면 내가 어떻게 알 수 있었을까? 자신을 증오하는 것은 끔찍한 일이다. 하지만 〈네 이웃을 너 자신처럼 사랑하라〉고 설교하는 나는 그 논리적인 귀결을 인정하지 않을 수 없다.[10] 내가 어떻게 다른 이들을 증오할 수 있었을까? 어떻게 그토록 증오할 수 있었을까?

그렇다면 이 참혹한 코미디는 악마의 작품에 지나지 않는 걸까?

오, 악마라면 이제 지긋지긋하다. 사람들은 뭐가 잘 안 되기만 하면 그 친구를 내세운다. 편하니까. 처지가 처지인 만큼 나는 나 자신에게 모든 신성 모독을 허락한다. 다시 말해 나는 악마를 믿지 않는다. 악마를 믿는 것은 쓸데없는 일이다. 굳이 그러지 않아도 땅 위에는 악이 널려 있기 때문이다.

10 나 자신을 증오하듯 이웃을 증오한다는 의미.

내가 죽어 가는 것을 지켜보는 자들은 대부분 선량한 사람이라고 불러도 좋을 이들이다. 비꼬는 말이 아니다. 나는 그들의 눈 속을 들여다본다. 나는 거기서 내가 당한 봉변뿐 아니라 과거와 미래의 모든 봉변에 근거를 제공하고도 넉넉하게 남을 악을 본다. 마들렌의 눈길에도 그것이 담겨 있다. 심지어 내 눈길에도. 나는 내 눈길을 알지는 못하지만, 내 안에 무엇이 있는지는 안다. 나는 내 운명을 받아들였고, 나에게 다른 신호는 필요하지 않다.

이러한 설명에 만족하지 못하고 잠재적인 비열함에 지나지 않는 것을 악마라고 명명하는 것은 거창한 낱말로 옹졸함을 가리는 짓, 악마에게 천 배나 더 큰 권능을 부여하는 짓이다. 먼 훗날 천재적인 한 여자[11]가 이렇게 말할 것이다. 〈나는 악마보다 악마를 두려워하는 사람들이 더 무섭다.〉 모든 것이 이 말에 들어 있다.

신의 이름으로 선을 명명한다면 악 또한 명명하지 않을 수 없다고 사람들은 말할 것이다. 신이 선이라니, 이건 도대체 어디서 온 것일까? 내가 선인 것처럼 보이는가? 내가 받아들인 것을 상상해 낸 내 아버지가 선이라

11 아빌라의 성녀 테레사를 일컫는다.

는 역할에 적합해 보이는가? 게다가 그는 그것을 주장하지도 않는다. 그는 자신이 사랑이기를 원한다. 사랑은 선이 아니다. 둘 사이에 교차하는 부분이 있긴 하지만, 늘 그런 것은 아니다.

신이 자신은 이러이러하다고 선언할 때 그는 정말 그러한가? 사랑의 힘은 가끔 그것과 나란히 흐르는 것들하고 구별하기가 매우 어렵다. 내 아버지는 자신의 창조물에 대한 사랑 때문에 나를 넘겼다. 이보다 더 변태적인 사랑 행위가 있다면 찾아와 보라.

그렇다고 나에게 아무 잘못도 없다는 말은 아니다. 서른세 살이 될 때까지 나에게도 이 이야기의 극악함에 대해 생각해 볼 시간이 충분히 있었다. 이 이야기를 정당화할 수 있는 방식은 존재하지 않는다. 전설에 따르면, 내가 나에 앞서 존재한 모든 인류의 죄를 대신 갚아 준 것이라고 한다. 그게 사실이라면, 나에 이어 존재할 인류의 죄는 어떻게 되나? 나는 미래에 어떤 일이 일어날지 알기 때문에 무지를 내세울 수도 없다. 설사 알지 못한다 해도 바보가 아닌 이상 어떻게 그런 의문을 품지 않을 수 있을까?

다른 한편으로, 내가 받는 형벌이 뭔가를, 그것이 뭐가 됐든, 속죄해 준다는 걸 어떻게 믿을 수 있을까? 내 고통이 아무리 크다 해도, 그것은 나 이전에 형벌을 받았던 불행한 자들의 고통을 눈곱만큼도 지우지 못한다. 속죄라는 생각 자체가 그 부조리한 사디즘으로 혐오감을 준다.

만약 내가 마조히스트라면 나는 나를 용서할 것이다. 그런데 나는 마조히스트가 아니다. 내가 느끼는 이 끔찍한 고통에서 관능적 쾌감의 흔적은 찾아볼 수 없다. 하지만 나는 나를 용서해야 한다. 내가 와서 쏟아 낸 말들의 뒤죽박죽 속에서 구원을 줄 수 있는 유일한 말은 바로 용서다. 나는 그것의 충격적인 반례를 제공하고 있다. 용서는 어떠한 보상도 요구하지 않는다. 그것은 단지 느끼느냐 못 느끼느냐가 문제인 마음의 충동이다. 내가 나를 희생하는데 그것을 어떻게 설명하겠는가? 다른 사람들에게 채식주의자가 되라고 설득하면서 어린양을 제물로 바치는 사람을 상상해 보라. 모두가 그에게 코웃음을 칠 것이다.

이 상황 속에서 나는 이면(裏面)이다. 네 이웃을 너 자신처럼 사랑하라. 네가 견뎌 내지 못할 것을 그에게 강요하지 마라. 그가 너에게 잘못 행동해도 그의 처벌을 요구하지 마라. 그냥 너그럽게 넘어가라. 이면의 예시. 나는 이 참혹한 고통을 나에게 과할 정도로 나 자신을 증오한다. 나의 벌은 너희가 저지른 잘못들에 대해 치러야 할 대가다.

내가 어떻게 이러한 결론에 이를 수 있었을까? 점점 이러한 역언법[12]의 축적이 〈하물며〉 논법의 극치를 나타낸다는 생각이 든다. 하물며 이 정도의 죄책감을 지니고도 나 자신을 용서하기에 이른다면, 그때는 모든 것이 완수될 것이다.

내가 과연 그럴 수 있을까?

내 행동을 고찰하는 수많은 방식이 있다. 무엇이 가장 가증스러운 방식인지 결정하는 것은 불가능하다. 훗날 공식적인 것으로 인정될 방식을 예로 들어 보자. 내가 나를 희생한 건 만인의 선을 위한 것이란다. 헛소리! 임종을 앞둔 한 아버지가 자식들을 불러 모아 놓고 이렇게

12 말하고 싶지 않은 척하면서 뭔가를 말하는 수사법.

103

말한다.

「애들아, 나는 개처럼 살았다. 나 자신에게 어떠한 쾌락도 허락하지 않았고, 혐오스러운 직업에 종사했으며, 단 한 푼도 허비하지 않았다. 너희를 위해, 너희에게 훌륭한 유산을 물려주기 위해 그 모든 것을 했다.」

이것을 사랑이라 부르는 자들은 괴물이다. 그런데 내가 그렇게 말했다. 그럼으로써 그런 식으로 행동해야 한다는 것을 공식화했다.

내 어머니를 예로 들어 보자. 다시 한번 말하는데, 그녀는 나보다 훨씬 나은 사람이다. 심성이 얼마나 고운지 이곳에 오시지도 않았다. 자신이 지켜보고 있으면 내가 더 고통스러워하리라는 것을 아니까. 그렇지만 그녀도 나에게 일어나고 있는 일을 모르지 않는다. 그녀가 겪고 있는 것은 그녀 자신이 그것을 선택하지도 받아들이지도 않았다는 어마어마한 차이 때문에 내가 겪는 것보다 이루 말할 수 없을 정도로 더 끔찍하다. 나는 자기 어머니에게 이런 고통을 안겨 주는 자다.

마들렌. 그녀와 나는 이어져 있다. 그녀가 나를 사랑하는 것처럼 나도 그녀를 사랑한다. 현 상황을 뒤집어 보자. 내가 그녀의 입장이라고, 그녀 스스로 원했다는 걸 아는 상태로 그녀가 처형당하는 걸 내가 지켜본다고 가정해 보자.

「나는 너와 미친 것 같은 사랑을 했어. 그런데도 나는 공개적으로 처형당하는 쪽을 선택했어. 좋은 소식이야, 내 사랑, 넌 내가 죽어 가는 걸 지켜볼 수 있게 됐어.」

나는 이런 식으로 계속할 수 있다. 처형을 구경하러 모인 군중 속에는 어린아이들도 있다. 사춘기 이전의 우리는 다르다. 순진무구하지 않아서 해를 끼칠 수도 있고, 모든 것을 여과하지 않고 있는 그대로 받아들인다. 이 순간, 무엇이든 솜처럼 빨아들이는 아이들이 이 끔찍한 광경을 지켜보며 물들고 있다.

이따위 것을 보여 주는 나를 나는 용서할 수 있을까?

나는 〈이따위 것〉이라는 말을 일부러 사용한다. 나는 이 일을 〈십자가에 매달림〉이라고 부르고 싶지 않다. 그것은 너무 우아하고 고상하다. 내가 겪는 것은 추하고 천하다. 적어도 무엇이든 쉽게 잊는 사람들의 성향에 기대를 걸 수 있다면 얼마나 좋을까! 나를 가장 무겁게 짓누르는 것은 사람들이 천년만년 이 일에 대해 왈가왈부하리라는 것을 이미 안다는 사실이다. 내 운명을 악평하기 위해? 천만에! 어떠한 인간적인 고통도 이처럼 어마어마한 찬양의 대상이 되지는 못할 것이다. 그들은 이것 때문에 나에게 고마워할 것이다. 이것 때문에 나를 우러러볼 것이다. 이것 때문에 나를 믿을 것이다.

나 스스로 도저히 용서할 수 없는 이따위 것 때문에. 나는 역사상 가장 큰 오해, 가장 해로운 오해에 책임이 있다.

나는 내 아버지에게 복종하라고 말할 수도 없다. 나부터 그에게 불복종을 거듭해 왔으니까. 마들렌과의 일만 해도 그랬다. 나에게는 성(性)을 경험할 권리도, 사랑에 빠질 권리도 없었다. 하지만 마들렌을 만나면서 나는 조금도 망설이지 않고 경계를 넘어섰다. 그래도 나는 벌을 받지 않았다.

이런, 천만에, 금기를 어기고도 아버지에게 벌을 받지 않았다고 생각하다니, 나는 정말이지 멍청하고 웃기는 놈이다. 사실, 나는 미리 벌을 받았던 것이다.

그게 아니라면, 그렇게 믿은 게 잘못이었다. 나의 유

죄 판결을 철석같이 믿었기에 나는 다른 가능성을 상상조차 하지 못했다.

이미 늦었지만, 상상을 해보자.

마들렌이 올리브나무 동산으로 나를 만나러 왔을 것이다. 그녀는 키스 몇 번으로 삶을 선택하라고 나를 설득했을 것이다. 우리는 함께 달아나, 나에 대해 아는 사람이 없는 머나먼 땅에 정착했을 것이다. 우리는 거기서 평범한 사람들의 멋진 삶을 살았을 것이다. 나는 매일 밤 내 여자를 안은 채 잠들었을 것이고, 매일 아침 그녀 곁에서 깨어났을 것이다. 이 가설에 필적하는 행복은 존재하지 않는다.

이 가설에서 탐탁지 않은 것은 내가 마들렌에게 의존해 선택을 한다는 점이다. 이러한 생각을 나 혼자 해내지 못하게 막는 것이 도대체 뭐가 있는가? 내 발로 그녀를 찾아가 손을 내밀기만 하면 됐을 것이다. 그녀는 조금도 망설이지 않고 나를 따라나섰을 것이다.

나는 그럴 생각을 아예 하지도 못했다.

기적들, 나는 그것들을 행했다. 하지만 이제 더는 그

럴 수 없을 것이다. 껍질에 도달하기에는 지금 너무 심한 고통을 겪고 있다. 내가 껍질의 권능을 얻은 것은 순전히 절대적 무의식 덕분이다. 그런데 지금은 극심한 고통이 길을 막고 있다. 마지막 기적을 행할 수 있다면, 맹세컨대, 나는 이 십자가에서 해방될 것이다.

이런 헛된 몽상가 같으니, 너 자신을 아프게 하는 일을 당장 그만두지 못하겠니? 그렇다, 나는 나 자신에게 이렇게 말한다.

나는 나 자신을 용서해야만 한다. 왜 나는 그럴 수 없을까?

생각을 하기 때문이다. 생각을 하면 할수록, 나는 나를 용서할 수 없다.

용서를 막는 것은 바로 생각이다.

깊이 생각하지 말고 나를 용서해야 한다. 그것은 내 행위에 대한 공포심이 아니라, 오로지 내 결정에 달려 있다. 나는 그것이 이루어졌다고 결정해야 한다.

열 살 때 마을 아이들과 함께 논 적이 있었다. 다른 아이들은 높은 벼랑에서 호수로 잘도 뛰어내렸는데, 나는 도저히 그럴 수가 없었다. 한 아이가 나에게 말했다.

「생각하지 말고 뛰어내려야 해.」

나는 머릿속을 비웠고, 마침내 몸을 던졌다. 물에 떨어지기까지 긴 시간이 지났다. 기분이 너무나 좋았다.

나는 그 머릿속의 공(空)을 얻어야 한다. 거기, 소란이 지배하는 곳에 무(無)를 창조해야 한다. 사람들이 거창하게 〈생각〉이라 부르는 것은 하나의 이명에 지나지 않는다.

됐다.

나는 나를 용서한다.

이루어졌도다. 이것은 수행 동사[13]다. 마땅히 그래야 하는 것처럼, 그 동사를 절대적 의미로 말하는 것으로 충분하다. 그러면 이루어진다.

나는 방금 나를 구원했다. 따라서 존재하는 모든 것을 구원했다. 내 아버지도 그것을 알까? 틀림없이 모를 것이다. 즉흥적인 것에 대한 감각이 전혀 없으니까. 그의 잘못이 아니다. 즉흥적으로 뭔가를 할 수 있으려면 육신을 가져야만 한다.

나는 아직 육신을 가지고 있다. 나는 결코 지금만큼

---

13 진술과 동시에 그것이 표현하는 행동을 구성하는 동사. 〈맹세하다〉, 〈약속하다〉 등이 해당된다.

체현되어 본 적이 없었다. 고통이 나를 내 몸에 못 박는다. 이제 곧 그것을 떠날 거라는 생각이 나에게 상반된 감정을 불러일으킨다. 고통이 엄청나게 크지만, 나는 내가 그 체현에 빚진 것을 떠올린다.

적어도 이제 나는 머릿속에서 나 자신을 괴롭히지 않는다. 마들렌의 눈길 속으로 빠져들기만 해도 고통이 상당히 완화된다. 그녀는 내가 이겨 냈다는 것을 느낀다. 그녀가 고개를 끄덕인다.

내가 이 십자가에 매달린 지 얼마나 됐을까?

마들렌이 입술을 움직여 뭐라고 말을 하는데 나에게는 들리지 않는다. 그녀가 나에게 말을 하기 때문에, 나는 나에게로 날아오는 그 말들의 금빛 궤적을 본다. 섬광들이 내는 따닥따닥 소리가 그녀의 말보다 더 오래 지속되고, 나는 가슴 한복판에 와 닿는 충격을 통해 그것들을 느낀다.

완전히 매료된 내가 그녀를 따라 한다. 내가 귀에는 들리지 않는 낱말들을 그녀를 향해 내뱉는다. 나는 그것들이 나에게서 금빛 다발의 형태로 나오는 것을 본다. 나는 그녀가 그것들을 받아 새겼다는 것을 안다.

다른 사람들은 여전히 날 불쌍히 여기는 표정을 짓고 있다. 그들은 이해하지 못한 것이다. 내가 이룩한 승리가 눈에 띄지 않을 정도로 미세하다는 걸 인정해야만 한다.

나는 아직 죽지 않았다. 어떻게 끝까지 버티지? 이상하게 들릴지 모르지만, 나는 내가 무너져 내릴 수도 있을 것 같다고 느낀다. 그것은 내가 아직 무너져 내리지 않았다는 것을 의미한다.

나는 무너져 내리는 것을 피하려고 아주 오래된 방식, 다시 말해 자부심에 도움을 청한다. 오만의 죄악? 좋을 대로 부르시길. 내가 처한 상황에서는 그 죄악이 너무나 하찮아 보여서 나는 그것에 도움을 청한 나를 미리 용서한다.

자부심, 그렇다. 나는 지금 수천 년 동안 인류를 사로잡을 자리를 차지하고 있다. 그것이 오해로 인한 것이라 해도 달라지는 건 없다.

이런 관측소에 서는 기회는 단 한 사람에게만 주어졌다. 내가 마지막으로 십자가에 못 박힌 사람이어서가 아니라 — 그랬다면 얼마나 좋겠는가 — 어떠한 십자가형도 결코 이와 같은 반향을 불러일으키지 못할 것이기 때문이다. 내 아버지는 그 역할을 위해 나를 선택했다. 실수이자 잔학한 선택이지만, 그것은 역사를 통틀어 가장 충격적인 이야기 중 하나로 남을 것이다. 사람들은 그것을 그리스도의 수난이라 부를 것이다.

적절한 명칭이라 아니할 수 없다. 수난은 우리가 수동적으로 겪는 것, 그 의미론적 결과로서, 이성이 관여하지 않은 감정의 과잉을 가리킨다.

아버지가 그 역할을 나에게 맡긴 게 잘못은 아니었다. 나도 시인한다. 나는 단단히 잘못 생각할 만큼 눈이 멀 수 있었고, 나 자신을 용서할 만큼의 사랑과 고개를 빳빳하게 들 만큼의 자부심을 가질 수 있었다.

나는 잘못 중에서도 가장 큰 잘못을 저질렀다. 그 잘못은 헤아릴 수 없는 결과를 초래할 것이다. 결과를 초래하는 것, 그것은 잘못의 본질에 속한다. 내가 나를 용서할 수 있다면, 아주 크게 잘못 생각할 모든 이가 자신을 용서할 수 있을 것이다.

「모든 것이 이루어졌다.」

내가 이렇게 말했다. 나는 말한 후에야 그것을 알아차

린다. 모든 사람이 들었다.

내 말이 공포를 자아낸다. 하늘이 갑자기 어두워진다. 나는 내 말의 힘에 깜짝 놀란다. 말을 더 해서 다른 현상도 불러일으키면 좋겠지만 그럴 힘이 없다.

루가는 내가 이렇게 말했다고 쓸 것이다. 〈아버지, 저 사람들을 용서하여 주십시오. 그들은 자기가 하는 일을 모르고 있습니다.〉 곡해다. 내가 용서해야 하는 것은 나 자신이었다. 내가 인간들보다 더 틀리기 쉬우니까. 게다가 난 아버지에게 용서를 구한 게 아니었다.

나는 오히려 그렇게 말하지 않아서 마음이 놓인다. 그렇게 말했다면, 그것은 인간들에게 생색을 내는 꼴이 되고 말았을 것이다. 생색은 내가 가장 혐오하는 경멸의 형태다. 게다가 솔직히 말해 나는 인류를 경멸할 상황에 있지 않다.

나는 요한(그 역시 다른 제자들처럼 그곳에 없었다)에게 〈보아라, 이분이 네 어머니시다〉라고 말하지도, 내 어머니(친절하게도 그곳에 안 계셨다)에게 〈어머니, 이 사람이 어머니의 아들입니다〉라고 말하지도 않았다. 요한아, 나는 너를 많이 사랑한다. 하지만 그렇다고 해서 아무 말이나 마구 지껄여선 안 되지. 하긴, 그건 조금도 중요하지 않다.

나 자신을 아껴야 한다. 나는 내 입으로 말하는 것이 마침내 원하는 결과를 빚어내는 단계에 도달했다. 나는 어떤 언어적 수행을 얻고자 하는 것일까?

답이 가슴에서 솟아난다. 나의 가장 깊은 곳에서 나를 가장 닮은 욕망, 내가 지극히 아끼는 욕구, 내 최후의 비책, 나의 진정한 정체성, 나로 하여금 삶을 사랑하게 했고, 삶을 더욱 사랑하게 만드는 것이 솟아난다.

「목이 마르구나.」

사람들을 경악케 한 요구. 그 생각을 한 사람은 아무도 없었다. 뭐라고, 몇 시간째 극도의 고통을 겪고 있는 자가 그토록 평범한 욕구를 아직도 느낄 수 있다고? 그들은 나의 청원을 이상하게 여긴다. 마치 내가 부채를 부쳐 달라고 요구하기라도 한 것처럼.

그것은 내가 구원받았다는 증거다. 그렇다, 극도의 고통에 시달리고 있지만 나는 아직 물 한 모금에서 행복을 찾을 수 있다. 나의 믿음은 그 정도로 온전하다.

그것은 내가 십자가에 매달려 한 말 중에서 월등하게 중요한 말이다. 심지어 유일하게 중요한 말이기까지 하다. 우리는 어린 시절을 벗어나면서 허기를 느끼더라도 즉시 그것을 채우지 않는 법을 배운다. 하지만 갈증을 해소하는 순간을 늦추는 법을 배우는 사람은 아무도 없다. 갈증이 일면, 우리는 그것을 논의의 여지가 없는 위급 상황으로 내세운다. 무슨 활동을 하고 있든 즉각 중단하고 마실 것부터 찾으러 간다.

비판을 하는 것이 아니다. 마시는 것은 너무나 기분 좋은 일이다. 그런데도 나는 갈증의 무한함, 그 충동의 순수함, 우리가 그것을 느끼는 순간 갖게 되는 그 모진 기품을 아무도 탐구하지 않는 게 아쉽다.

요한의 복음서 4장 14절, 〈이 물을 마시는 사람은 영원히 목마르지 않을 것이다.〉 내가 가장 사랑하는 제자가 왜 이런 터무니없는 말을 했을까? 주님의 사랑은 결코 해갈해 주지 않는 물이다. 그 물은 마시면 마실수록 목이 더 마르다. 그것은 욕망을 누그러뜨리지 않는 쾌락이다!

실험을 해보라. 당신의 신체적, 정신적 관심사가 무엇

이든, 그것을 진정한 갈증과 결합해 보라. 당신의 탐구는 그로 인해 더 벼려지고, 더 명확해지고, 더 고양될 것이다. 아예 마시지 말라는 것이 아니다. 조금 기다려 보라고 권하는 것이다. 갈증에는 발견해야 할 것이 그만큼 많다.

충분히 상찬받지 못하는, 마시는 기쁨부터가 그렇다. 〈물 한 잔이면 나는 쾌락으로 죽을 지경이 된다.〉 사람들은 에피쿠로스의 이 말을 비웃는다. 어처구니없게도!

내가 진실로 너희에게 이르노니, 십자가에 못 박혀 있지만, 물 한 잔은 이런 나도 쾌락으로 몸서리치게 할 것이다. 짐작하건대 나는 그 물 한 잔을 마시지 못할 테지만 그것을 마시고 싶다는 욕망을 품는 것만으로도 이미 자랑스럽고, 나 말고 다른 사람들이 그 쾌락을 누리리라는 것을 알아서 행복하다.

물론 이런 경우를 예상한 사람은 아무도 없었다. 골고다 언덕에는 물이 없다. 물이 있다 하더라도 내가 있는 높이까지 올라와 물잔을 내 입술에 갖다 대줄 방법이 없을 것이다.

십자가 아래에서 병사 하나가 백부장에게 말하는 소

리가 들려온다.

「저한테 식초를 친 물이 있는데 해면에 적셔서 줘볼까요?」

백부장이 허락한다. 아마 내 청원의 중요성을 가늠하지 못하기 때문일 것이다. 나는 그 감각을 마지막으로 느껴 볼 수 있다는 생각에 전율한다. 나는 해면이 액체로 젖는 소리에 귀를 기울인다. 그 관능적인 소리가 나를 행복감으로 뒤집어 놓는다. 병사가 해면을 창끝에 끼워 내 입술까지 올려 준다.

지칠 대로 지쳤지만, 나는 해면을 깨물고 즙을 빨아들인다. 나는 그 쾌락에 어쩔 줄 모른다. 얼마나 좋은지. 그 식초의 맛은 얼마나 경이로운지! 나는 해면이 잔뜩 머금고 있는 그 숭고한 액체를 쪽쪽 빤다. 나는 마신다. 나는 온통 희열에 빠져 있다. 나는 해면에 단 한 방울도 남겨 두지 않는다.

「조금 더 있는데,」 병사가 말한다. 「다시 해면에 적셔서 줄까요?」

백부장이 거부한다.

「그걸로 충분해.」

충분하다. 이 얼마나 끔찍한 동사인가! 내 진실로 너희에게 이르노니, 충분한 것은 아무것도 없다.

백부장에게는 허락할 이유가 없는 만큼 거부할 이유도 없었다. 명령을 내리는 건 모호한 임무다. 갈증이 전혀 해소되진 않았지만, 나는 마지막으로 마실 수 있어서 행복하다고 생각한다. 나는 성공했다.

폭풍우가 몰아칠 것 같다. 사람들은 내가 숨을 거두길 바란다. 도무지 끝날 것 같지 않은 이 임종의 순간은 이 정도면 족하다. 나 역시 어서 죽고 싶다. 이 죽음을 앞당기는 것은 내가 할 수 있는 일이 아니다.

하늘이 찢어진다. 번개, 천둥, 폭우. 군중이 불만을 드러내며 흩어진다. 공짜 구경거리라 그나마 다행이다. 죽지도 않았다. 아무 일도 일어나지 않았다.

나는 빗물을 받아먹기 위해 혀를 내밀 힘조차 없다. 하지만 빗물이 내 입술을 적신다. 나는 언젠가 〈페트리코르〉[14]라는 아름다운 이름을 얻게 될, 세상에서 가장 향기로운 냄새를 다시 한번 들이마시는 형용할 수 없는

14 *pétrichor.* 메마른 땅이 빗물에 젖을 때 나는 냄새.

기쁨을 누린다.

마들렌이 여전히 저기, 내 앞에 있다. 죽음은 완벽할 것이다. 비가 내리고, 내 눈은 사랑하는 여인의 눈을 바라보고 있다.

이렇게 위대한 순간이 왔다. 고통이 사라지고, 내 심장이 꽉 다문 턱이 풀리듯 느슨해지면서 모든 것을 넘어서는 사랑의 부하(負荷)를 받아들인다. 그것은 쾌감을 넘어선다. 모든 것이 무한을 향해 열린다. 그 해방감에는 한계가 없다. 죽음의 꽃이 꽃부리를 끝없이 펼친다.

모험이 시작된다. 〈아버지, 왜 저를 버리셨나요?〉 나는 이렇게 말하지 않는다. 훨씬 전에는 그렇게 생각했지만, 그 순간에는 그렇게 생각하지 않는다. 나는 아무것도 생각하지 않는다. 나에게는 해야 할 더 나은 것이 있다. 내 마지막 말은 아마 〈목이 마르다〉였을 것이다.

아무것도 떠나지 않은 채 다른 세상으로 들어가는 것이 나에게는 가능하다. 그것은 이별 없는 떠남이다. 나는 마들렌에게서 억지로 떼어 내지지 않는다. 나는 그녀의 사랑을 모든 것이 시작되는 곳으로 가져간다.

나의 편재가 마침내 의미를 가진다. 나는 내 몸 안에,

그리고 그 바깥에 동시에 있다. 나는 내 몸에 너무나 단단하게 매여 있어서 그 안에 내 현존의 일부를 남겨 두지 않을 수 없다. 지난 몇 시간 동안 내가 겪었던 과도한 고통은 그 몸에 거주하는 최선의 방법은 아니었다. 그 몸에서 절단된 것처럼 느껴지지는 않는다. 정반대로 껍질에 도달하는 것과 같은, 그 몸이 가진 권능 중 몇몇을 되찾은 느낌이 든다.

나에게 마실 것을 주었던 병사가 나의 사망을 확인해 본다. 이 남자는 분별력이 없지 않다. 그만큼 생사의 차이가 뚜렷하지 않았다는 말이다. 그가 의심스러운 표정으로 나를 쳐다보는 백부장에게 그 사실을 알린다. 좀 웃기는 순간이다. 내가 완전히 죽지 않았다고 해서 도대체 뭐가 달라지는가? 나의 마술을 믿지 않는 다음에야 그 백부장이 속임수를 두려워할 이유가 어디 있겠는가! 솔직히 내가 그 순간 부활을 원했다 하더라도 완전히 지쳤다는 아주 단순한 이유로 인해 나는 그럴 수가 없었을 것이다. 죽는 일은 지치게 한다.

백부장이 병사에게 창으로 내 심장을 찌르라고 명령한다. 그 명령이 나를 사모했던 그 불행한 자를 충격에 빠뜨린다. 그는 나에게 물을 줄 때 사용했던 창으로 나에게 상처를 입히는 것이 끔찍하게 싫다.

백부장이 짜증을 낸다. 그는 당장 명령을 이행하라고 강요한다. 내가 정말 죽었는지 확인해야만 한다. 실시! 병사가 내 심장을 향해 창을 겨눈다. 그는 마치 그 기관을 봐주고 싶은 것처럼 일부러 그곳을 피한다. 그가 바로 아래를 찌르는데, 해부학에 정통하지 못한 나로서는 그가 정확하게 어디를 찔렀는지 알 수가 없다. 나는 내 몸을 파고드는 무기의 날을 느낀다. 하지만 전혀 아프지 않다. 피가 아닌 액체가 흐른다.

내 죽음을 확신한 백부장이 소리친다.

「이자는 죽었다!」

아직 내 앞에 서 있던 몇 안 되는 사람들이 슬픈 동시에 안도한 표정으로 고개를 숙인 채 흩어진다. 그들 대부분은 기적을 기다렸다. 그런데 그 기적은 아무도 모르게 일어났다. 이 모든 것은 그리 대단한 구경거리가 아닌 것처럼 보였다. 그저 평범한 십자가형이었다. 말미에 폭풍우마저 몰아치지 않았다면, 사람들은 하느님도 이 십자가형에 별 신경을 쓰지 않는다는 인상을 받았을 것이다.

마들렌이 내 어머니에게 달려가 내 죽음을 알린다.

「아드님은 이제 더는 고통당하지 않으십니다.」

두 여자가 서로의 품에 쓰러진다. 내 몸 위로 날아오른 나의 일부가 그 모습을 보고 마음 아파한다.

마들렌이 어머니의 손을 잡고 골고다 언덕으로 이끈다. 병사와 하수인 둘이 백부장의 명에 따라 나를 십자가에서 내려 땅에 뉘어 놓았다. 그들은 자상하게도 날 십자가에서 내리기 전에 내 손발이 찢기지 않게 못을 뽑아 주었다. 고백하건대, 나는 그 배려가 고맙다. 나는 내 몸을 사랑한다. 그래서 그들이 내 몸을 더 이상 마구 다루지 않기를 바란다.

어머니가 내 시신을 넘겨 달라고 요구한다. 그녀의 권리에 이의를 제기하는 사람은 아무도 없다. 나의 사망에 의심의 여지가 없자, 로마인들은 믿을 수 없을 만큼 곰살맞게 군다. 그들이 아침부터 날 못살게 굴었던 바로 그 사람들이라는 걸 누가 믿겠는가? 그들은 아들의 유해를 찾으러 온 여인을 진심으로 가엾게 여기는 것처럼 보인다.

나는 그 순간을 사랑한다. 어머니의 포옹은 부드럽기 짝이 없다. 그것은 마지막 재회다. 나는 그녀의 부드러운 손길과 사랑을 느낀다. 자식을 잃은 어머니들에게는 망자의 몸이 필요하다. 그래야 망자가 망자가 되지 않을 테니까.[15]

십자가의 무게에 짓눌려 처음 쓰러진 이후로 어머니와 마주치는 게 싫었던 만큼, 나는 마지막으로 그녀의 품에 안기는 것이 좋다. 어머니는 울지 않는다. 그녀도 나의 평안을 느끼는 것 같다. 그녀가 나에게 사랑스러운 말들을 한다. 내 아기, 내 어린 새, 내 어린 양. 그녀가 내 이마와 볼에 입을 맞춘다. 나는 감격해 부르르 떤다. 신기하게도 나는 그녀도 그걸 알아차릴 거라는 걸 의심치 않는다. 그녀는 슬픈 표정이 아니다. 정반대다. 사람들이 나의 죽음이라 부르는 것이 그녀를 서른세 살이나 더 젊게 만들어 놓았다. 소녀 같은 내 어머니는 얼마나 아리따운지!

15 〈망자disparu가 사라지지disparu 않을 테니까〉라는 뜻도 된다.

엄마, 당신의 아들인 게 얼마나 큰 특권인지요! 자식에게 얼마나 사랑받고 있는지 느끼게 하는 능력을 지닌 어머니는 절대적인 축복이다. 나는 생각보다 훨씬 덜 보편적인 그 도취를 받아들인다. 나는 쾌감으로 황홀해한다.

고통으로는 죽지만 기쁨은 아무리 커도 죽지 않는 이 몸이라는 것은 참으로 신기하다! 혹시 내가 껍질의 권능에 도움을 청한 걸까? 그건 나도 모르겠다. 마치 기적이 거기서 자발적으로 솟아난 것 같다. 내 피부가 살아서 행복으로 떨리고, 어머니는 그 떨림을 자신의 품에 꼭 껴안는다.

내가 십자가에서 내려지는 장면은 수많은 예술 작품에 영감을 주게 될 것이다. 그들 대부분이 이 애매성을 증언할 것이다. 마리아는 거의 언제나 비정상적인 현상을 알아차리고도 입을 다무는 것 같은 표정을 짓는다. 황홀해하는 내 표정은 작품마다 나타난다.

잘 본 것이다. 신비주의적인 성향이 전혀 없는 화가들조차도 내 죽음이 일종의 보상이라는 걸 짐작으로 안다.

그것은 전사였던 나의 휴식이다. 형벌에 시달리다 마침내 안식을 얻은 불행한 자를 위해 어떻게 안도의 한숨을 내쉬지 않을 수 있겠는가?

아주 오랜 세월에 걸쳐 전 세계 예술 작품을 두루 살펴본 나는 내가 십자가에서 내려지는 장면을 묘사한 작품들을 바라보는 걸 무엇보다 좋아한다. 반면에 십자가에 못 박힌 나를 그린 작품, 형벌을 상기시키는 작품에는 눈길조차 주지 않는다. 내 유해가 어머니의 품에 안겨 있는 조각이나 그림에는 큰 감명을 받는다. 예술가들의 눈썰미가 얼마나 정확한지, 참 대단하다는 생각이 든다.

몇몇 탁월한 예술가는 내 어머니가 젊어진 것을 감지했다. 어떠한 문헌도 이 점을 언급하지 않고 있는데, 아마도 중요하다고 여겨지지 않은 때문이지 싶다. 하긴, 〈마테르 돌로로사〉[16]가 자신의 주름살에 신경 쓸 겨를은 없었을 테니까.

일반적으로 더 젊어 보이는 건 막 숨을 거둔 망자다. 그런데 내 경우는 다르다. 오히려 십자가형을 당한 후로는 한결 늙어 보인다. 마치 갑작스러운 사후 회춘의 수

16 *Mater dolorosa*. 〈슬픔에 잠긴 성모〉라는 뜻.

혜를 입은 것이 내 어머니인 것 같다. 나는 우리의 몸이 서로 이어져 있다는 것을 보여 주는 이러한 방식을 좋아한다.

성 베드로 성당 입구에 있는 「피에타」 상을 보면 마리아는 마치 열여섯 살 소녀 같다. 나는 그녀의 아버지뻘처럼 보이기도 한다. 관계가 역전되어서 내 어머니가 아버지를 잃은 딸이 된다.

어쨌거나 〈마테르 돌로로사〉를 재현한 작품들은 언제나 사랑의 찬가다. 어머니는 마지막인 만큼 더욱더 심취해서 자식의 시신을 안는다.

매일 자식의 무덤을 찾아 묵념을 할 수도 있겠지만 그 무엇도 포옹만 못하다는 것을 그녀는 알고 있다. 그렇다, 비록 죽은 몸이라 할지라도, 세상의 모든 사랑은 그 껴안음, 몸의 껴안음을 통해 가장 잘 표현된다.

나는 거기 있다. 나는 한시도 거기 있지 않은 적이 없었다. 물론 방식이 다르긴 하지만, 나는 거기 있다.

거기 있는 것, 즉 현존(現存)의 신비를 헤아리기 위해 뭔가를 믿을 필요는 전혀 없다. 누구나 하는 흔한 경험이니까. 우리는 현존하지 않은 채 얼마나 자주 거기에 있는가? 하지만 그것이 무엇에 기인하는지 우리가 반드시 아는 것은 아니다.

〈집중해.〉 우리는 자신에게 이렇게 말한다. 그것은 〈너의 현존을 모아〉라는 뜻이다. 우리는 산만한 학생에 대해 말할 때 현존이 분산되는 현상을 상기시킨다. 잠시 딴생각만 해도 그렇게 된다.

딴청을 피우는 건 결코 나의 장점이 아니었다. 예수가 되는 것은 아마 진정으로 현존하는 누군가가 되는 것이리라.

나는 비교하는 게 참 어렵다. 내가 직접 경험한 것에만 접근할 수 있다는 점에서 나는 다른 사람들과 똑같다. 사람들이 나의 전지(全知)라고 부르는 것은 나를 방대한 무지(無知) 속에 남겨 놓는다.

사실, 진정으로 현존하는 누군가는 그리 흔치 않다. 나의 세 우승마, 사랑, 갈증, 죽음도 엄청나게 현존하는 세 가지 방식을 가르친다.

사랑에 빠지면 우리는 놀라울 정도로 현존하게 된다. 나중에 흩어지는 것은 사랑이 아니라 현존이다. 누군가를 첫날처럼 사랑하고 싶다면 당신이 배양해야 할 것은 바로 당신의 현존이다.

목마른 자는 어찌나 큰 현존 속에 있는지 그로 인해 불편할 정도다. 이것에 대해 더 이상 왈가왈부할 필요는 없을 것 같다.

죽는 것은 아주 훌륭하게 현존을 드러내 보이는 행위다. 나는 수없이 많은 사람이 자다가 죽기를 바란다는 사실에 경악하지 않을 수 없다. 잠을 자다가 죽는다고 해서 자기도 모르게 죽는 것이 보장되지 않는 만큼, 그들은 단단히 잘못 생각하고 있다. 그들은 왜 삶의 가장 흥미로운 순간을 자기도 모르게 넘기기를 바랄까? 다행스럽게도 죽는 것을 알아차리지 못한 채 죽는 사람은 없다. 그것은 불가능하다. 주의가 아주 산만한 사람조차도 숨을 거두는 순간에는 갑자기 자신의 현존으로 소환된다.

그 다음은? 아무도 모른다.

나는 내가 거기 있다고 느낀다. 많은 사람이 그것은 의식의 착각이라고 주장할 것이다. 하지만 모든 사람이 죽은 자의 극단적인 현존을 알아차렸다. 신앙은 조금도 중요하지 않다. 누군가가 죽으면, 우리는 미친 듯이 그 사람을 생각한다. 많은 경우, 그것은 우리가 그들을 진정으로 생각하는 유일한 순간이다.

시간이 가면서 그것은 서서히 희미해지는 경향이 있다. 아니면 그렇지 않거나. 간혹 놀라운 재출현도 있으니까. 우리는 어떤 사람들이 죽고 나서 십 년, 백 년, 천년이 지나도 그들에 대해 생각하곤 한다. 이 또한 현존에 속한다는 것을 부인할 수 있을까?

사람들이 알고 싶어 하는 것은 이 현존에 과연 의식이 있느냐 하는 것이다. 죽은 자는 자신이 거기 있다는 것을 알까? 나는 그렇다고 주장한다. 하지만 사람들은 내가 죽었기 때문에 사자(死者)들 편을 드는 거라고 말할 것이다. 또 내가 평범하게 죽은 사람도 아니지 않냐고 할 것이다.

이 점에 대해서도 잘 모르겠다. 나는 나 외에 다른 사자였던 적이 없다. 어쩌면 모든 사자가 나만큼 자신이 현존한다고 느낄지도.

우리가 죽으면 사라지는 건 시간이다. 그런데 이상하게도 그것을 알아차리려면 시간이 필요하다. 음악은 시간에 대한 희미한 개념을 갖게 해주는 유일한 것이 된다. 음악의 전개가 없다면, 사자는 흐르는 것에 대해 아무것도 이해하지 못할 것이다.

노래 몇 곡이 끝나자, 나는 무덤에 안치되었다. 많은 사람이 죽는 것보다 땅에 묻히는 것을 더 두려워한다. 그것은 충분히 수긍이 가는 공포다. 죽는다고? 나라고 별수 있겠어? 지하 납골당에 갇힌다고? 경우에 따라서는 다른 시체들과 함께? 그건 악몽이야! 어떤 사람들을 안심시키는 화장은 다른 사람들을 겁에 질리게 한다. 그것도 일리가 있는 두려움이다. 〈난 관심 없으니 내 시신은 당신들 좋을 대로 처리해요. 난 이미 죽어 있을 테니 상관없어요.〉 이렇게 큰소리치는 사람들은 생각을 깊이 해보지 않은 게 분명하다. 그러니까 그들은 그 긴 세월 동안 삶을 경험하게 해준 몸뚱이에 대해 조금의 존중심도 없단 말인가?

나는 그 문제에 관해 제안할 게 없다. 의식(儀式)이 필요하다는 것, 그게 다다. 말이 나왔으니 말인데, 언제나 의식이 하나쯤은 있다. 내 경우에 그 의식은 빨리, 대충 치러졌다. 사형을 선고받은 죄인인 만큼 그게 정상이다. 처형해 놓고 국장을 치러 주는 경우는 본 적이 없다.

사람들은 아주 부드러운 몸짓으로 나에게 수의를 입혔고, 지하 납골당 구석진 곳에 있는 일종의 침상에 눕혔다. 그러고는 나에게 작별 인사를 하고 무덤의 문을 닫았다.

바로 그때, 나는 자신의 죽음과 홀로 남겨지는, 그 순수한 현기증의 순간을 경험했다. 그 순간은 아주 안 좋게 지나갈 수도 있었을 것이다. 내가 예수라서 그 순간이 그토록 경이로웠던 것일까? 아니기를 바란다. 가능한 한 많은 사자에게도 이러하기를 바란다. 모든 것이 끝나자마자, 나의 축제가 시작되었다. 내 심장이 기쁨으로 폭발했다. 환희의 교향곡이 내 안에서 울려 퍼졌다. 나는 가만히 누운 채로 더는 그러고만 있을 수 없는 순간까지 그 기쁨을 탐닉했다. 결국에 나는 일어났고, 춤을 추었다.

현재, 과거, 미래의 가장 웅장한 음악들이 내 가슴 속에서 펼쳐졌고, 나는 무한을 경험했다. 보통, 어떤 곡조의 아름다움을 이해하고 그것에 열광하기 위해서는 시간이 필요하다. 하지만 거기서는 듣자마자 그 숭고함을 간파할 수 있었다. 그 음악들은 대부분 인간적이긴 했지만 모두 그런 것은 아니었다. 그것들은 행성, 원소, 동물, 식별이 반드시 가능하지는 않은 다른 기원에서 오고 있었다.

그 기쁨에는 역학적인 측면도 있었다. 우리의 정신 상태 중에서 높은 것들은 낮은 것들의 뒤를 잇는 경향이 있다. 나는 그 보정 원칙이 사후에도 작동하는 것을 확인하고 큰 감명을 받았다.

지하 납골당이 나의 환희를 충분히 담아내지 못하자, 나는 밖으로 나갔다. 사람들은 내가 도대체 어떤 마술을 부려 그럴 수 있었는지 많이 궁금해했다. 나에게 그것은 너무나 자연스러운 일이어서 뭐라고 대답을 할 수가 없다. 바깥으로 나오자 무척 기분이 좋았다. 음악에 이어진 고요는 희열이었고, 나는 그것을 한껏 음미했다.

바람이 불고 있었다. 나는 그 바람을 가슴 가득 들이마셨다. 죽은 자가 어떻게 그럴 수 있는지 묻지 말기를. 사지를 절단당한 사람들이 없는 사지에 대한 감각을 간직한다는데, 그것이 이것을 설명해 준다고 생각한다. 나는 잠시도 멈추지 않고 느낄 만한 가치가 있는 것을 느꼈다.

나는 영생을 시작했다. 널리 알려진 이 표현은 나에게는 아직 아무 의미가 없다. 영원이라는 낱말은 필멸하는 자들에게만 의미가 있다.

그다음에 일어난 일에 대해서는 여러 가지 버전이 존재한다. 내 버전은 이러하다. 나는 마음 내키는 대로 이리저리 산책하다가 사랑하는 사람들을 만났다. 그보다 자연스러운 일이 뭐가 있겠는가? 나는 마음에 안 드는 곳에 가고 싶지도, 성가신 사람들을 방문하고 싶지도 않았다.

사람들이 내 모습을 보고 내 말을 들은 것을 어떻게 설명할 수 있을까? 나도 모르겠다. 이런 현상은 흔하지는 않지만 유일하지도 않다. 역사를 보면, 죽은 사람의 모습을 보고 그의 말을 듣는 경우가 꽤 있었다. 이런 경우 대개 죽은 사람과 살아 있는 사람이 사랑하는 관계다. 유명한 경우들도, 잘 알려지지 않은 경우들도 있었다. 망자들과의 불안스러운 접촉 경험을 모조리 조사해 목록을 만든다면, 전화번호부 여러 권을 채우고도 남을 것이다.

나는 소중한 존재를 잃고 설명할 수 없는 순간을 경험한 모든 이에게 증언해 달라고 호소한다. 심지어 어떤 사람들은 평생 알지 못했던 존재들을 만나 깨달음을 얻기도 한다. 사실, 우리가 〈산다〉라고 부르는 것에는 한계가 없다.

그래도 상당히 많은 비율의 사람들은 사후에는 아무것도 없다고 주장하고 있고, 주장할 것이다. 그것은 그

단호한 면모, 그 지지자들이 뽐내는 지적 우월감만 아니라면 크게 놀라울 게 없는 확신이다. 어떻게 놀라겠는가? 자신이 타인보다 더 똑똑하다고 느끼는 것은 언제나 어떤 결함의 신호다.

내가 진실로 너희에게 이르노니, 나는 더 똑똑하지 않다. 게다가 그렇게 주장해서 얻을 게 뭐가 있는지조차 모르겠다. 나에게는 평등에 대한 환상도, 우월에 대한 환상도 없다. 두 입장 모두 헛된 것처럼 보인다. 한 존재의 질은 측정되지 않으니까. 마찬가지로 사람들이 나의 마지막 기적이라 믿었던 것에는 수동태도, 능동태도 없다. 나는 되살아났을까? 아니면 되살려졌을까? 나를 관통해 지나간 것을 분석해 보면, 나는 내가 되살려졌다고 말할 것이다. 나는 그냥 가만히 있었으니까. 세 번째 날에는? 나는 그런 것을 전혀 느끼지 못했다. 산 상태에서 죽은 상태로 건너갔을 때, 나는 지각, 특히 지속과 관련된 지각의 현저한 변화를 겪었다. 죽음을 맞자마자 내 운명이 모든 인간의 그것과 달라졌을까? 나로서는 알 도리가 없긴 하지만, 나는 내가 그런 경험을 한 유일한 존재는 아니라고 직감한다.

가장 위대한 작가 중 하나[17]가 사랑의 감정은 죽는 순간 사라져 보편적인 사랑으로 변한다고 말할 것이다. 나는 마들렌을 다시 만나러 가면서 그것을 확인해 보고 싶었다. 그녀를 보자, 그녀가 나의 현존을 알아차리기도 전에 내 마음은 크게 동요했다. 내 몸에 대한 기억이 그녀를 내 품에 달려들게 했고, 그녀는 미친 듯이 나를 껴안았다. 그 무엇도 우리의 열정을 변질시키지 못했다.

그 작가는 「질투의 끝」이라는 제목이 붙은 단편소설에서 그 주제에 접근한다. 병적으로 질투를 부리는 이야기의 화자는 죽음을 맞는 순간 그 질병에서 낫게 되고, 동시에 사랑에 빠진 사람이기를 그친다. 이 작가는 질투에 대해 아주 특별한 견해를 갖고 있다. 그가 보기에, 질투는 사랑의 거의 전부를 구성한다.

기억을 더듬어 보면, 내가 살아 있었을 때, 나 역시 평범한 남자였기에 마들렌이 다른 남자와 있는 건 생각만 해도 기분이 안 좋았던 것 같다. 하지만 지금은 그러한 관점이 나와는 무관하다는 것을 인정해야만 한다. 따라서 그 작가가 옳다. 질투는 사후에 흔적을 남기지 않는

17 프랑스 작가 마르셀 프루스트를 가리킨다.

다. 하지만 그는 적어도 나와 관련해서는 틀렸다. 질투와 사랑에 빠진 상태는 서로 겹치지 않는다.

내가 주로 사랑하는 사람들에게 모습을 드러냈던 것은 심원한 욕구 때문이기보다는 아버지의 메시지를 받들기 위해서였다. 그것이 아마 우리가 익히 아는, 살아 있는 상태와의 또 다른 차이점, 즉 사랑이 더는 접촉의 필요성을 발생시키지 않는다는 차이점일 것이다. 이별이 오해나 위기를 통해 이루어지지 않는 경우 특히 그렇다. 나는 마들렌의 사랑을 의심치 않는다. 그녀도 내 사랑을 의심치 않는다는 것을 나는 알고 있다. 그런데 왜 자꾸 만나겠는가? 그녀에게 사실인 것은 당연히 다른 사람들에게도 그렇다.

이것은 냉정이 아니다. 이것은 신뢰다. 물론 나는 내 제자와 친구 중 몇몇을 만나고 크게 감격했다. 나의 안녕을 확인하고 그들이 느끼는 행복감이 나에게도 전해졌다. 그보다 더 당연한 것이 뭐가 있는가? 그렇지만 그 축제의 순간들을 살면서 나는 그 순간들이 어서 끝났으면 싶었다. 그 과한 긴장이 나에게는 조금 힘들었다. 나는 평화를 원했다. 나는 친구들이 많은 것을 궁금해한다는 것을 느꼈고, 대답을 해주려고 애썼다. 그것은 그들을 위한 것이지 나를 위한 것이 아니었다.

생을 마감한 소중한 사람에게 왜 당신 앞에 모습을 드러내지 않느냐고 원망한다면, 당신이 그를 필요로 하는 것이지 그 반대는 아니라는 것을 잊지 말기를. 우리가 누군가를 진정으로 사랑할 때, 그에게 우리를 위해 그 자신을 희생하라고 강요하는가? 우리가 사랑하는 사람에게 바칠 수 있는 가장 아름다운 사랑의 증거는 그가 이기적인 평안에 전념할 수 있게 해주는 것이 아닐까? 그것은 사람들이 생각하는 것보다 훨씬 적은 노력을 요구한다. 그저 신뢰하기만 하면 되는 것이다.

진실로, 당신의 사랑하는 망자가 아무 말도 하지 않는다면, 마음껏 기뻐하라. 그것은 그가 가장 좋은 방식으로 죽었기 때문이다. 자신의 죽음을 잘 살고 있기 때문이다. 그렇다고 해서 그가 당신을 사랑하지 않는다고 결론짓지 마라. 그는 최선의 방식으로, 당신을 위해 억지로 내키지 않는 재주를 부리지는 않는 방식으로 당신을 사랑한다.

죽어 있는 것은 평온하다. 당신에게 돌아오는 일은 짜

증스럽다. 상상해 보라. 한겨울, 당신은 따뜻한 이불 속에, 휴식과 온기의 희열 속에 누워 있다. 당신이 친구들을 아무리 좋아한다 해도, 그들에게 그렇다고 말해 주기 위해 추운 바깥으로 나가고 싶겠는가? 당신이 그 친구라면, 당신 혼자 좋자고, 보고 싶은 누군가를 차갑고 짙은 안개 속으로 억지로 나오게 하고 싶겠는가?

당신이 죽은 자들을 사랑한다면, 그들의 침묵마저 사랑할 만큼 그들에게 신뢰를 바쳐라.

많은 사람이 나에 대해 이야기할 때 자기희생을 말했다. 나는 본능적으로 그것이 싫다. 내 희생은 이미 큰 실수였다. 자기희생에 이르게 한 기본적인 덕성을 나에게 부여해야만 할까?

내가 보기에, 내 안에는 이러한 성향의 흔적이 조금도 없다. 자기희생에 이른 존재들은 내가 보기에는 부적절한 자부심을 내비치며 이렇게 말한다. 〈오, 나는 중요하지 않아. 나는 아무래도 좋아.〉

그들이 거짓을 말하는 거라면, 왜 그토록 당치 않은 거짓말을 할까? 그들이 진실을 말하는 거라면, 치졸하다. 중요하지 않기를 바라는 것은 터무니없는 겸손, 다시 말해 비열함이다.

모든 사람은 너무나 엄청난 비율로 중요해서 그것은 계산할 수가 없다. 사람들이 무한히 작다고 주장하는 것만큼 중요한 것은 없다.

자기희생은 무사무욕을 전제로 한다. 나는 하나의 지렛대이기에 무사무욕하지 않다. 나는 전파를 갈망한다. 죽은 자든 산 자든, 우리는 모두 지렛대가 될 힘을 갖고 있다. 그것보다 더 중요한 권능은 없다.

지옥은 존재하지 않는다. 지옥에 떨어진 사람들이 있는 이유는 상처가 될 만한 것을 늘 찾아내는 사람들이 있기 때문이다. 우리는 모두 적어도 그들 중 하나와 마주친 적이 있다. 항상 언짢아하는 존재, 만성적인 불만자, 성대한 잔치에 초대받고도 빠진 음식밖에 보지 못하는 사람. 그들이 왜 죽는 순간에 불평에 대한 그들의 열정을 박탈당하겠는가? 그들에게도 그들의 죽음을 망칠 권리가 있다.

망자들 또한 서로 만날 가능성이 있다. 내가 관찰해 보건대, 그들은 거의 언제나 만남을 자제하는 것 같다.

그들의 우정이나 사랑이 아무리 강렬했어도 그들이 죽은 이상 서로 할 말이 별로 없다. 나에게도 유효한 내용인데, 내가 왜 3인칭으로 이 현상을 상기하는지 나도 모르겠다.

이것은 무관심이 아니라 사랑을 하는 또 하나의 방식이다. 마치 망자들이 독자가 되어 버린 것처럼 모든 일이 일어난다. 그들이 우주와 맺는 관계는 독서와 유사하다. 그것은 차분하고 끈기 있는 주의 집중, 심사숙고하는 해독(解讀)이다. 그리고 그것은 고독을, 번뜩이는 깨달음에 적합한 고독을 요구한다. 전반적으로 망자들은 산 자들보다 훨씬 덜 멍청하다.

우리가 죽었을 때 우리를 사로잡는 그 독서는 어떤 것일까? 그 책은 우리의 욕망에 따라 구성된다. 그 텍스트를 생기게 하는 것이 바로 욕망이다. 우리는 같은 순간 작가이자 독자가 되는 호사스러운 입장에 처한다. 말하자면 스스로 매혹되기 위해 창조하는 작가인 셈이다. 자기 희열의 직물 위에 글을 쓸 때는 펜이나 자판 따위는 전혀 필요 없다.

우리가 만남을 추구하지 않는 것은 그 만남이 우리가 전혀 집착하지 않는, 생전에 우리가 가졌던 개성을 우리에게 상기시키기 때문이다. 나를 본 유다가 내 이름을 외쳐 불렀는데, 그것이 나를 깜짝 놀라게 했다.

「그사이, 이름이 예수였다는 것도 잊으셨나요?」

「〈잊다〉는 적합한 동사가 아니다. 이제 그것이 나를 성가시게 따라다니지 않을 뿐이지. 그게 다야.」

「당신은 자신이 얼마나 행복한지 몰라요. 난 오로지 그 생각만, 내가 당신을 배신했다는 그 생각만 해요. 나는 당신 이야기의 악당이에요.」

「그게 마음에 안 들면 다른 걸 생각하렴.」

「내가 다른 무엇을 생각할 수 있겠어요?」

「네 생각 속에는 쾌락의 장소 하나 없느냐?」

「질문을 이해하지 못하겠어요. 나는 그리스도를 배신한 자예요. 어떻게 그것이 나를 집요하게 괴롭히지 않기를 바라세요?」

「네 욕망이 그러하다면 수천 년 동안 그것을 되씹으려무나.」

「보세요! 내가 자책하게 부추기시잖아요!」

내가 말하고자 한 것은 그게 아니었다. 나는 오해가 죽음보다 더 오래 간다는 것을 알아차리고는 묘한 동요를 느꼈다.

한때 예수라는 이름을 가지고 살았던 나에게서 뭐가 남을까?

〈만약 되돌아갈 수 있다면…….〉 죽어 가는 사람들은 임종의 순간 이런 말을 자주 한다. 그러고는 그들이 다시 하거나 고치고 싶은 것을 명시한다. 그것은 그들이 아직 살아 있다는 것을 증명한다. 죽은 사람은 그가 행한 것이나 행하지 않은 것과 관련해 찬동이나 유감을 느끼지 않는다. 그는 자신의 삶을 하나의 예술 작품처럼 본다.

미술관을 방문해 거장이 그린 그림 앞에 서서 〈내가 만약 틴토레토였다면 이런 식으로는 안 그렸을 거야〉라고 생각하는 사람은 아무도 없다. 우리는 바라보고, 인정한다. 우리가 한때 그 유명한 틴토레토였다고 가정하더라도, 우리는 우리 자신을 심판하지 않고 그냥 받아들인다. 〈저 붓질을 보니 내가 그린 것이군.〉 우리는 그게 잘한 것인지 못한 것인지 따위의 질문을 제기하지 않는다. 다른 식으로 그릴 수도 있었을 거라는 생각은 스치지도 않는다.

유다조차도. 특히 유다가.

나는 십자가형에 대해서는 두 번 다시 생각하지 않는다. 그것은 내가 아니었다.

나는 내가 보기에 좋았던 것, 좋은 것을 바라본다. 나의 세 우승마는 여전히 작동한다. 죽는 것은 더는 현안이 아니지만 한번 둘러볼 만한 가치가 있었다. 죽는 것은 죽음보다 낫다. 마찬가지로 사랑하는 것은 사랑보다훨씬 낫다.

내 아버지와 나 사이의 가장 큰 차이점은 그는 사랑인반면 나는 사랑한다는 데에 있다. 신은 사랑이 모두를 위한 것이라고 말한다. 사랑하는 나는 모든 사람을 같은 방식으로 사랑하는 것이 불가능함을 잘 안다. 그것은 〈숨〉의 문제이다.

프랑스어로 이 낱말은 너무 단순하다. 숨은 고대 그리스어로 〈프네우마*pneuma*〉라고 표현된다. 숨을 쉬는 것이 당연하지 않다는 것을 나타내기 위해 찾아낸 절묘한낱말이다. 유머의 언어인 프랑스어는 거기서 일상생활에서 쓰는 〈타이어*pneu*〉밖에 보존하지 않을 것이다.

우리는 많이 사랑할 수 없을 누군가를 대할 때 숨결을 느낄 수 없다고 말한다. 이 후각적 인상은 성가신 사람 앞에서 편히 숨 쉬는 것을 방해한다.

첫눈에 빠져드는 벼락같은 사랑은 정반대다. 먼저 숨이 멎고, 다음에는 지나치게 숨을 쉰다. 우리는 향기로 우리를 취하게 하는 사람을 들이마시고자 하는 정신 나간 욕구를 느낀다.

죽은 몸이기는 하지만, 나는 아직 숨의 현기증을 느낀다. 환상이 자신의 역할을 완벽하게 해내고 있다.

내가 유일하게 추모하는 것, 그것은 갈증이다. 마시는 것은 그 행위를 하게 만드는 충동, 갈증보다 덜 아쉽다. 뱃사람의 욕설 중에 술고래[18]라는 것이 있다. 내가 이 욕을 얻어먹을 일은 없을 것 같다.

갈증을 느끼기 위해서는 살아 있어야 한다. 나는 너무나 강렬하게 살아서 목마른 채 죽음을 맞았다.

영원한 삶이란 아마 그런 것이리라.

18 *boit-sans-soif.* 풀면 〈갈증 없이 마신다〉라는 뜻.

내 아버지는 믿음을 퍼뜨리라고 이 땅에 나를 보내셨다. 무엇에 대한 믿음? 그에 대한 믿음. 삼위일체라는 말로 나를 신의 개념에 포함해 주긴 했지만 나는 그것이 착각을 일으키게 한다고 생각한다.

나는 아주 일찍부터 그렇게 생각했다. 〈너의 믿음이 너를 구원했도다.〉 나는 비탄에 빠진 이런저런 사람들에게 몇 번이나 이렇게 반복해 말했던가? 그 불행한 사람들에게 거짓말을 하는 게 나에게는 허락된단 말인가? 나는 아버지와 누가 더 잘하나 놀이를 하려고 애썼다. 그것이 진실이다. 나는 믿음이라는 낱말에 이상한 속성이 있다는 걸 알아차렸다. 그 낱말은 대상이 없을 때만 숭고해진다. 〈믿는다〉는 동사도 같은 법칙에 따른다.

신을 믿는다, 신이 인간이 되었다고 믿는다, 부활을 믿는다, 이 말들은 뭔가 조리에 안 맞는 것처럼 들린다. 귀에 거슬리는 것은 정신에도 거슬린다. 그것이 터무니없게 들리는 것은 그것이 터무니없기 때문이다. 신을 믿는 것이 돈을 거는 일이 되는 파스칼의 내기처럼 우리는 천박한 수준을 벗어나지 못한다. 그 철학자는 신에게 걸면 결과가 어떻게 나오든 따게 된다고 설명하기까지 한다.

나는, 나는 이 모든 것을 믿을까? 처음에는 나도 이 정신 나간 계획을 받아들였다. 인간을 바꿀 수 있다는 가능성을 믿었으니까. 그 결과가 어땠는지 우리는 이미 보았다. 내가 세 사람을 바꿔 놨다면, 그것이 상한선이다. 게다가 얼마나 어리석은 믿음인가? 우리가 누군가를 바꿀 수 있다고 믿으려면 아무것도, 정말이지 아무것도 몰라야 한다. 사람들은 뭔가가 그들 자신에게서 비롯되는 경우에만 달라진다. 그들이 실제로 그것을 원하는 경우는 극히 드물다. 변화에 대한 그들의 욕망은 열에 아홉 다른 사람들과 관련되어 있다. 〈이젠 바뀌어야만 해.〉 귀에 인이 박이도록 들어 온 이 말은 언제나 달라져야 하는 게 다른 사람들이라는 것을 의미한다.

나는 달라졌을까? 그렇다, 확실하다. 내가 원했던 만큼은 아니지만. 내가 진정으로 그러려고 애썼다는 것은 믿어도 좋다. 털어놓건대, 자신이 변했다고 끊임없이 말은 해도 그럴 마음이 눈곱만큼도 없었던 사람들 때문에 나도 짜증이 난다.

나에게는 믿음이 있다. 그런데 그 믿음에는 대상이 없다. 이 말은 내가 아무것도 믿지 않는다는 것을 의미하지 않는다. 〈믿는다〉는 것은 그 동사의 절대적인 의미에서만 아름답다. 믿음은 태도이지 계약이 아니다. 체크를 해야 하는 칸들은 존재하지 않는다. 우리가 믿음을 구성하는 위험의 성격을 안다면, 그 믿음은 확률 계산을 넘어서지 못할 것이다.

우리는 우리에게 믿음이 있다는 걸 어떻게 아는가? 그것은 사랑과 같다. 그냥 안다. 믿음의 여부를 결정하기 위해 깊이 생각할 필요가 없다. 〈그 순간, 나는 그녀의 얼굴을 보았다. 그렇다, 나는 이제 믿는 자다.〉 성가에 이런 구절이 있다. 바로 이것이다. 이 구절은 믿음과 사랑에 빠진 상태가 얼마나 닮았는지 정확하게 보여 준다. 얼굴을 보자마자 모든 것이 달라진다. 똑바로 쳐다보지도 못하고 살짝 엿보기만 해도, 그 현현으로 충분했다.

많은 이에게 그 얼굴이 내 얼굴이 되리라는 것을 나는 안다. 나는 그것이 일말의 중요성도 갖지 않는다고 확신한다. 그럼에도 불구하고 솔직하게 말하자면…… 솔직하게 말하고 싶다. 그것은 나를 경악하게 한다.

이 수수께끼를 받아들여야만 한다. 너희는 다른 사람들이 너희의 얼굴에서 무엇을 보는지 이해할 수 없다.

마찬가지로 수수께끼 같은 반대급부가 있다. 나는 거울을 통해 나를 본다. 내가 내 얼굴에서 보는 것, 아무도 그것을 알 수 없다. 고독이라 불리는 게 바로 그것이다.

아멜리 노통브의 용서와 치유

아멜리 노통브의 『갈증』은 예수 그리스도의 마지막 이틀과 부활의 순간을 재구성하고, 그 심중을 1인칭 시점으로 서술한다. 일개 작가가 그리스도의 목소리를 빌려 말을 하다니, 어떻게 감히! 작가 본인도 신성 모독이라느니, 의도적인 도발이라느니, 논란이 일 것을 예상하고 염려한 것 같다. 그래서 책 출간 후 진행한 여러 인터뷰에서 집필 의도의 순수성을 강조하고, 그래도 비난이 쏟아진다면 기꺼이 받아들이겠다는 태도를 보인다.

받아들이다…… 받아들여라……. 이는 작중의 예수가 십자가를 지고 골고다 언덕을 향해 가면서 끊임없이 자신에게 되뇌는 말이기도 하고, 모든 존재가 겪는 수난이 이행되어 가는 과정이기도 하다. 그런데 그 이행의 저변에는 〈도저히 받아들일 수 없는 것〉이 자리하고 있다. 그것이 작가가 참혹한 불행을 겪고 나서 ── 작가가 밝힌 바에 따르면, 그녀는 성폭행을 당한 후에 오랫동안 거식증에 시달렸다 ── 화두로 삼은 것이기도 하고, 이 작품을 쓴 나름의 이유이기도 할 것이다.

〈네 이웃을 너 자신처럼 사랑하라〉고 가르친 존재가 어떻게 그 〈추하고 천한〉 십자가형을 받아들였을까? 작가는 도무지 이해할 수도 받아들일 수도 없다. 인류를 구원하기 위해 그랬다고? 헛소리! 「당장 나가서 세상이 어떤지 보라, 당신 눈에는 구원받은 것처럼 보이는가?」* 그래서 아멜리 노통브의 예수는 십자가에 매달려 극심한 고통을 겪으면서 자신이 받는 형벌이 아무 쓸모가 없으리라는 것을 깨닫는다. 〈아버지의 계획은 사랑의 힘으로 어디까지 갈 수 있는지를 보여 주는 데에〉 있었지만 〈이 십자가형은 아주 큰 실수〉다. 〈내가 이 명명조차 할 수 없는 고통을 받아들인 것은 (……) 내 안에도 흔하디

---

* 아멜리 노통브가 『르 몽드 데 렐리지옹 *Le Monde des religions*』과 가진 인터뷰에서 발췌.

흔한 독, 자신에 대한 증오가 있기 때문이다.〉

작가가 보기에, 고통 속에서 하나가 되는 건 구원이 아
니라 해악이다. 삶의 의미는 고통을 겪지 않는 데에 있
기 때문이다. 예수는 고통과 죽음을 구경하러 온 무지한
저들이 아니라, 〈역사상 가장 큰 오해, 가장 해로운 오해
에 책임이〉 있는 자신을 용서해야만 한다. 그리고 용서
한다.

그래서 작가는 그리스도의 대속(代贖)보다는, 그가 몸
으로 느끼는 마지막 갈구, 즉 〈갈증〉에 주목한다.

나의 가장 깊은 곳에서 나를 가장 닮은 욕망, 내가
지극히 아끼는 욕구, 내 최후의 비책, 나의 진정한 정
체성, 나로 하여금 삶을 사랑하게 했고, 삶을 더욱 사
랑하게 만드는 것이 솟아난다.
「목이 마르구나.」

그리고 해갈의 순간, 예수는 이렇게 말한다. 〈한 모금의
물에 대해 당신이 느끼는 사랑이 바로 신이다. 나는 존재
하는 모든 것에 그러한 사랑을 느끼기에 이른 자이다.〉

작가 스스로 오랜 임신 끝에 출산한 가장 중요한 자식이라 일컫는 『갈증』은 몸을 가진 존재가 느끼는 삶에 대한 갈구의 표현인 동시에 죄책감에 시달리는 자신을 용서하려는 치유의 소설이다. 작가가 이 소설을 통해서 하려는 말은 아마 이런 것이리라. 〈나는 나 자신을 용서하고 받아들이고 사랑한다. 이것은 수행 동사다.〉

　끝으로, 번역 대본으로는 Amélie Nothomb, *Soif* (Paris: Albin Michel, 2019)를 사용했음을 밝힌다.

2021년 12월

이상해

옮긴이 **이상해** 한국외국어대학교와 동 대학원 불어과를 졸업하고 프랑스 스트라스부르 대학교, 릴 대학교에서 박사 과정을 수료했다. 현재 한국외국어대학교에 출강하고 있다. 『측천무후』로 제2회 한국 출판 문화 대상 번역상을, 『베스트셀러의 역사』로 한국 출판 평론 학술상을 수상했다. 옮긴 책으로 아멜리 노통브의 『너의 심장을 쳐라』, 『추남, 미녀』, 『느빌 백작의 범죄』, 『샴페인 친구』, 『푸른 수염』, 『머큐리』, 에드몽 로스탕의 『시라노』, 미셸 우엘벡의 『어느 섬의 가능성』, 델핀 쿨랭의 『웰컴 삼바』, 파울로 코엘료의 『11분』, 『베로니카, 죽기로 결심하다』, 크리스토프 바타유의 『지옥 만세』, 조르주 심농의 『라 프로비당스호의 마부』, 『교차로의 밤』, 『선원의 약속』, 『창가의 그림자』, 『베르주라크의 광인』, 『제1호 수문』 등이 있다.

갈증

발행일 **2021년 12월 25일 초판 1쇄**

지은이 **아멜리 노통브**
옮긴이 **이상해**
발행인 **홍예빈 · 홍유진**
발행처 **주식회사 열린책들**

경기도 파주시 문발로 253 파주출판도시
전화 031-955-4000 팩스 031-955-4004
www.openbooks.co.kr